Felipe Charbel

Saia da frente do meu sol

1ª reimpressão

autêntica contemporânea

Copyright © 2023 Felipe Charbel
Copyright desta edição © 2023 Autêntica Contemporânea

Todos os direitos reservados pela Autêntica Editora Ltda. Nenhuma parte desta publicação poderá ser reproduzida, seja por meios mecânicos, eletrônicos, seja via cópia xerográfica, sem a autorização prévia da Editora.

EDITORAS RESPONSÁVEIS
Ana Elisa Ribeiro
Rafaela Lamas

PREPARAÇÃO
Ana Elisa Ribeiro

REVISÃO
Marina Guedes

DIAGRAMAÇÃO
Guilherme Fagundes

CAPA
Diogo Droschi

FOTOGRAFIAS DE CAPA E MIOLO
Arquivo pessoal do autor

FOTOGRAFIA DA PÁGINA 15
Vitória do Bangu no Campeonato Carioca de 1966 (Arquivo/Agência O Globo)

Dados Internacionais de Catalogação na Publicação (CIP)
(Câmara Brasileira do Livro, SP, Brasil)

Charbel, Felipe
  Saia da frente do meu sol / Felipe Charbel. -- 1. ed. ; 1. reimp. -- Belo Horizonte : Autêntica Contemporânea, 2023.

  ISBN 978-65-5928-262-3

  1. Autobiografia 2. Charbel, Felipe 3. Histórias de vida 4. Memórias autobiográficas 5. Relatos pessoais I. Título.

23-145403
CDD-920

Índice para catálogo sistemático:
1. Memórias autobiográficas 920

Aline Graziele Benitez - Bibliotecária - CRB-1/3129

A **AUTÊNTICA CONTEMPORÂNEA** É UMA EDITORA DO **GRUPO AUTÊNTICA**

Belo Horizonte
Rua Carlos Turner, 420
Silveira . 31140-520
Belo Horizonte . MG
Tel.: (55 31) 3465 4500

São Paulo
Av. Paulista, 2.073 . Conjunto Nacional
Horsa I . Sala 309 . Bela Vista
01311-940 . São Paulo . SP
Tel.: (55 11) 3034 4468

www.grupoautentica.com.br
SAC: atendimentoleitor@grupoautentica.com.br

Para Ieda

*Não deixou filhos, não deixou bens, não era eleitor
e faleceu sem testamento conhecido.*

Escrevente anônimo

Seu tio está vindo morar com a gente	13
"Falando dele, é de mim que falo"	29
O referido é verdade e dou fé	51
A pausa	75
As fotografias no armário	99

Seu tio está vindo morar com a gente

Na minha lembrança mais antiga do tio Ricardo, ele está deitado no sofá da sala, jornal aberto em cima da barriga, o braço tombado de lado e um cigarrinho grudado nos dedos – a ponto de provocar um incêndio. Meus tios-avós estavam sempre no aperto. Viviam de olho nos classificados, recortando anúncios de "quarto e sala com dependências" que prendiam com durex num caderninho de espiral. Naquela época, meados dos anos 1980, os aluguéis – ao menos na Tijuca – eram reajustados mês a mês, enquanto as magras pensões que meu tio-avô, sua irmã Carmen e o Espanhol, seu marido, recebiam do governo viviam congeladas (as palavras que eu mais escutava na casa deles eram estas duas, "pensão" e "congelada"). Estavam eternamente de mudança, mas acho que não passava pela cabeça de ninguém mexer no arranjo dos móveis – então, no meu olhar de moleque, parecia ser sempre o mesmo apartamento abafado, na penumbra, as cortinas de material grosseiro e que fediam a amônia e sardinha frita. Outra coisa que não mudava nunca era o cubículo que cabia ao meu tio, com o basculante voltado para a área de serviço: o quartinho de empregada ou, como vinha escrito nos jornais da época, as "dependências com WC de apoio".

Meu tio-avô não aparece nas filmagens de Super-8 ou nas fotos que documentam a minha infância. Não ia a nenhuma festa, mal se dava ao trabalho de bolar uma desculpa. Foi um agregado a vida inteira, primeiro ocupando o quartinho de fundos no apartamento da irmã mais nova e, nos seus últimos anos, morando – quase escrevi "morrendo" – lá em casa. Era caladão, não falava de si. Mas, quando a cerveja rolava solta nos festejos de fim de ano, sempre tinha alguém, um linguarudo, um conhecido de uma conhecida do tempo das antigas, que acabava entregando algum segredo dele – isso se ele não estivesse por perto, nos arredores do falatório. Nunca foi dado a excessos: suas posses se resumiam a sete ou oito cuecas samba-canção, um short muito largo, algumas camisetas de malha, um par de Havaianas, uma calça que já não servia e um radinho de pilha.

De manhãzinha ou depois da novela das oito, meu tio se trancava no quarto e ligava o Motoradio no último volume. Era meio surdo e, mesmo que não fosse, ele acabaria se isolando da mesma forma: tinha horror ao zum-zum-zum da casa, ao vai e vem das crianças e dos velhos. Acordava antes das seis, e a primeira coisa que fazia era ligar o radinho no *Show do Antônio Carlos*. De noite, só pegava no sono com a algazarra em ondas médias de *A Turma da Maré Mansa* ou com a resenha esportiva das dez da noite. Depois do almoço cochilava no sofá da sala, a tevê ligada sem som em algum desenho animado. Gostava do Popeye e do Gato Félix, não via graça no Pica-Pau: "Pica-Pau é bicho ruim", ele resmungava, sempre tomando as dores do Leôncio.

Quando eu era criança e íamos visitar meus tios, meu pai me obrigava a atravessar a cozinha e ir até o quarto dele para dar uma palavrinha:

"Vai lá dar um beijo no seu tio."

Eu me apoiava no batente da porta e ficava ali parado, espiando, até que em algum momento ele se distraía da própria distração e reparava em mim. Meu tio passava horas olhando para o teto, entretido com o nada.

"Taí, Banguense? Chega mais."

Só me chamava de Banguense. Não lembro como foi que isso começou, mas devo ter me zangado na primeira vez que ele me chamou desse jeito, porque meu tio achava muita graça nessa história: gargalhava alto e acabava se engasgando no próprio pigarro. Ricardo torcia para o Bangu, acompanhava todos os jogos no radinho. Estava no Maracanã na final de 1966, a única vez que viu seu time ser campeão de algum torneio, e também em 1985, derrota para o Fluminense na grande final:

"Naquele dia o juiz garfou a gente."

Sua decadência foi brusca, tão irreversível quanto a do time de que gostava. "O Bangu é uma porcaria!", eu implicava com ele na minha vozinha infantil. "Essa voz de taquara rachada", meu tio respondia com um risinho velhaco e um aceno ligeiro, depois me apontava a porta do quarto.

"Aqui, ó Banguense… Acabou o horário de visita."

Alimentar o irmão era apenas uma das tarefas domésticas – quase intermináveis – que cabiam à minha tia-avó, Carmen. Com o tempo, ela também se encarregou dos cuidados com os doentes da família: primeiro a mãe "esclerosada"; depois o irmão, que certa manhã acordou numa poça de mijo sem conseguir mexer as pernas. Do enterro dela, só o que me lembro é do tio Ricardo apoiado nas muletas, as pernas tremendo. Me vem também a imagem do Espanhol, o viúvo, muito quieto, fazendo o possível para desviar os olhos do caixão.

Carmen cozinhava para o irmão, passava as roupas dele, desinfetava a sonda urinária. De manhã e de noite, ela esvaziava e lavava o balde de mijo – o balde laranja que meu tio empurrava com os pés enquanto se arrastava de um cômodo a outro. Só quando a doença o derrubou de vez – ninguém sabia dizer o que ele tinha – é que meu tio começou a dar as caras nas festas de fim de ano que aconteciam lá em casa. Acho que ia de má vontade, arrastado pela irmã como se fosse um cãozinho que não pode sobreviver longe do dono. Eram trinta quilômetros num ônibus de linha, da Tijuca até o Recreio, cortando o Rio de Janeiro quase de uma ponta a outra, no mais tropical dos verões. Iam em silêncio, Ricardo apoiado nas muletas, minha tia-avó e o Espanhol abraçados às panelas de ferro que amarravam bem firme com os panos de prato que Carmen – sentada na cadeira de balanço e sem desgrudar os olhos da tevê – bordava com muito capricho enquanto assistia à novela.

Era só nessas festas que os dois troncos da minha árvore genealógica se encostavam, o libanês e o ibérico. No lado ibérico, eram quase pobres. No libanês, remediados. Só meu pai tratou de enriquecer e de perder tudo: seus tios e primos preferiram sossegar nos degraus baixos da pirâmide, se aquietar nas partes do meio da Roda da Fortuna.

"Quanto mais alto você sobe, mais se arrebenta na hora da queda."

Não tenho ideia de como os parentes do meu pai ganhavam a vida no Líbano. Aqui se viravam como mascates e iam juntando moedas para abrir um armazém de secos e molhados ou um restaurante de quatro mesas com o nome da família pintado no letreiro. Foram se espalhando pelo país e, aos poucos, se estabeleceram em cidades que mal conseguiam dizer o nome – Pindamonhangaba, Guaratinguetá, Araçatuba, Bragança Paulista. Quando envelheciam e a saúde faltava, passavam o ponto para o filho mais velho e se trancavam em casa para esperar a morte, que nunca vinha.

Meu pai era professor, mas herdou a alma de mascate. Ele abriu um cursinho preparatório para vestibular no mesmo ano em que nasci, mas só depois de fazer uma

 promessa a um santo libanês: o primeiro filho que viesse levaria o nome do santo e, quando chegasse a hora, o momento oportuno, tocaria, sem muitas queixas, os assuntos da família. Nas festas de fim de ano, meu pai gostava de atribuir tarefas a qualquer um que passasse perto dele. Os libaneses traziam quibe cru, mjadra, charuto de folha de uva. Tia Carmen fritava os bolinhos de bacalhau. O Espanhol gelava as cervejas e preparava o caldo de polvo. A avó Bertha fazia as rabanadas. Minha mãe enfeitava a mesa e montava a árvore de Natal. Eu cuidava do som. Minha irmã não me lembro o que fazia, acho que nada – ela era bem pequena nessa época.

Tio Ricardo era o único adulto que não recebia uma tarefa. Passava a tarde na varanda, assobiando para os bem-te-vis e puxando conversa com as maritacas, os olhos vidrados nas garrafinhas de água com açúcar que meu pai pendurava no teto para atrair os beija-flores. Quando o tempo estava feio, ele mal se animava a sair do quartinho de fundos, que era onde dormia nessas visitas sazonais que podiam se estender por semanas. Passava o dia inteiro sentado na cama, vendo tevê, em meio às tralhas que ninguém nunca soube direito que fim dar – caixas de isopor carcomidas, malas com as rodinhas quebradas, cabideiros trôpegos, abajures sem lâmpada, carcaças de eletrodomésticos pifados, chinelos de dedo com as tiras soltas, sapatos que já não faziam par com nenhum outro.

Depois que minha tia morreu, o convívio no apartamento acanhado da Professor Gabizo (que matéria será que lecionava?), da General Canabarro (que guerra deve ter perdido?) ou de qualquer outra rua tijucana de nome pomposo não custou a se deteriorar de vez. Ricardo era o próximo da fila, mas sua vez não chegava – era como se a morte tivesse desistido dele. Logo o apartamento ficou cheio outra vez: a sobrinha cresceu e se casou, o marido foi morar com todos eles, tiveram uma filha. Uma coisa é ser agregado na casa da mãe e da irmã mais nova, outra é viver de favor com o cunhado viúvo, a sobrinha em núpcias recentes e o marido bombeiro: ser alimentado por eles, ser limpo por eles.

"Seu tio é uma pessoa complicada."

Ricardo era de temperamento irascível. Impunha, como um tirano da Roma decadente, os programas de tevê a que queria assistir, isso numa época em que as casas tinham um único aparelho – em meados dos anos 1980 a televisão dos meus tios ainda era em preto e branco, daquelas que você tinha de ligar dez minutos antes de o programa começar, para dar tempo de ela pegar no tranco. Eu ficava intrigado com o contraste das imagens coloridas lá de casa e o mundo acinzentado da casa deles: eram os mesmos atores, os mesmos desenhos, mas tudo ali parecia mais triste, como se a tevê passasse imagens de um passado remoto. A vida naquele apartamento tinha outras cores. E também outros cheiros: de naftalina, das emanações enjoativas da cozinha, que, tocada por uma só pessoa, minha tia, funcionava o dia inteiro a pleno vapor. E, claro, o mais marcante de todos: o cheiro do tio Ricardo, uma morrinha difícil de suportar, combinação de mijo, nicotina, suor e abandono. Conviver com ele era ser lembrado – dia e noite, sem descanso – dos percalços da existência, da fragilidade da condição humana. Apenas porque estava perto, porque via tevê no sofá da sala, Ricardo nos dava calafrios, nos fazia antecipar nossos piores dias.

Trabalhou a vida inteira como contínuo e auxiliar de escritório, sua aposentadoria era mirrada. Ele se recusava a tomar qualquer tipo de remédio – no máximo uma aspirina para "afinar o sangue" – e mesmo assim não sobrava nada no fim do mês. Suas cédulas contadas iam embora em Corega, pilhas para o radinho e cigarros. Viviam às turras, passavam o dia aos berros. Foi ele quem pediu para ir embora dali, e isso o Espanhol não perdoou. Não se falaram mais. Sempre que alguém mencionava o nome de Ricardo na frente dele, o Espanhol sorria com desdém e se fechava em copas:

"É um maricón."

Hoje percebo que Ricardo foi sensato, fez a melhor escolha. Ele se via como um estorvo, era um estorvo: melhor esperar a morte onde não atrapalhasse ninguém, onde não pesasse no bolso de quem sempre viveu no aperto. Uma tarde, minha mãe recebeu um telefonema:

"Escuta, sobrinha, aquele teu quartinho de tralhas ainda tá vazio?"

Minha mãe engoliu em seco, titubeou. Naquela noite, recebi a notícia:

"O tio Ricardo está vindo morar com a gente."

Meu pai gostava de bolar histórias, de fazer a gente rir. Quando uma das suas anedotas nos seduzia, ele tinha prazer em repeti-la por vários meses, mudando uma coisinha aqui e outra ali, para ver se conseguia arrancar da gente uma gargalhada fresca, renovada, durante as partidas de buraco de domingo à noite. Uma vez ele cismou que escreveria um roteiro. O filme se chamaria *Viagem de férias*, passaria na

Sessão da Tarde, nós mesmos interpretaríamos os papéis e ganharíamos muito dinheiro, viraríamos celebridades. Na primeira cena, a casa estaria uma bagunça, a mãe, o pai, o filho e a filha correndo de um lado a outro para arrumar as malas e separar os utensílios indispensáveis a uma viagem de dois meses. Dormiriam tarde, acordariam cedo e, já na estrada – o carro flutuando sobre o asfalto liso, com dois dedinhos de vidro aberto, deixando a brisa morna do verão entrar pela janela –, alguém mencionaria um estranho pressentimento, a sensação de que faltava alguma coisa, de que tinham esquecido algo. Checariam tudo, item por item. Toalhas e roupa de cama? Ok. Travesseiros? Ok. Piscina Tone amarrada no teto? Piscina Tone. Poodle branco? O poodle latiria. Micro System, fitas cassete, sacos e mais sacos de batata Ruffles, pilão de caipirinha, isopor de cerveja, apresuntados de cor cadavérica, salsicha Swift em lata, Deditos, Trakinas de morango, salgadinhos Skiny e Fandangos sabor presunto, sachês de Tang em pozinho, milho de pipoca, Claybom para fazer bolo? Ok para tudo. "Bobagem", o pai diria, "não esquecemos nada, as férias vão ser esplendorosas." "Bobagem", diriam a mãe e a filha. "Bobagem", diria o filho. Na casa alugada para os meses de verão, eles fariam churrascos e piqueniques, iriam à piscina, o filho jogaria bola e a filha faria novas amizades, o pai se distrairia no galinheiro e a mãe passaria as tardes devorando livros de ocultismo e tirando fotos de discos voadores. Na hora do jantar alguém voltaria ao assunto já antigo, a sensação de que faltava alguma coisa, de que tinham esquecido algo em casa. Bobagem. Dois meses depois voltariam para casa mais magros e bronzeados e plenos e felizes. Chegariam tarde, teriam preguiça de desfazer as malas. "Amanhã damos um jeito nas coisas", a mãe diria, "vamos jantar e dormir, podem largar as bolsas no quartinho de fundos". "Boa ideia", diria o pai. "Ótima ideia", diria a filha. Então, ao entrarem no quartinho, eles dariam de cara com um esqueleto sentado na cama – os restos mortais do tio solteirão, que tinha ido visitá-los no Natal e acabou ficando todo aquele tempo ali, esquecido. Só nessa hora viria o estalo do que é que eles tinham esquecido de levar na viagem de férias.

Quando minha mãe anunciou que o tio Ricardo viria morar com a gente, eu me lembrei dessa anedota – e ela me pareceu absurda e profética.

Ricardo foi quase invisível nos anos que morou lá em casa. Passava os dias no quartinho, trocando os canais da tevê com a antena que arrancou do Motoradio quando o aparelho pifou de vez. Minha mãe ficou com pena dele e comprou um "três em um" com tocador de CD, mas ele não se animou com a engenhoca, não aprendeu a usar: pediu a Bertha, sua irmã mais velha, minha avó, que trocasse o trambolho por um radinho de segunda mão e vinte pacotes de cigarros. Ela embolsou o troco.

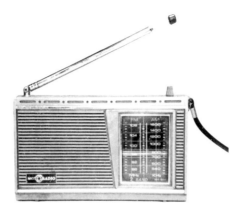

Almoçava na cama. Só dormia sentado. Roncava como uma morsa e tossia mesmo no sono profundo. Eu evitava passar pelo quartinho, mas às vezes me forçava a dar um oi e assistir a um pouco de tevê com ele. Quando jogavam Flamengo e Bangu, eu tirava um sarro protocolar da sua cara, e meu tio maldizia o futebol de hoje:

"Bando de mercenários sem amor à camisa";

"Zizinho foi o maior de todos, melhor que Pelé";

"Não tem mais oito no futebol, o último foi o Coice de Mula";

"Zagueiro bom era o Zózimo, que jogava com a cabeça erguida";

"O tal de Romário é uma piada."

Quando se cansava de resmungar ou se dava conta de que eu já queria me desvencilhar de toda aquela falação, meu tio acendia um cigarro e ficava em silêncio, o olhar meio perdido – vai ver que refazia na mente as partidas bem jogadas que acompanhou no Estádio Proletário, na época que morou ali perto, na Vila Vintém. Fumava o dia todo, três maços por dia, cigarros de filtro amarelo que um contrabandista trazia do Paraguai e revendia na Praça Sáenz Peña, os mais fedidos. Os cigarros – ele acendia um no outro para economizar no palito de fósforo – deixavam o ar espesso, viscoso, mas até que serviam para suavizar os miasmas do quartinho. Uma vez por semana minha avó pegava o 233 até a Tijuca e voltava com duas sacolas das Casas da Banha transbordando de pacotes de cigarro, que ela amarrava com um barbante imundo. Só se tratavam aos berros:

"Velha de merda."

"Aleijado."

Uma vez minha mãe levou o tio para uma consulta numa clínica. Ricardo se enfurecia toda vez que alguém falava a palavra "tratamento" perto dele, mas dessa vez acabou cedendo. O médico garantiu que, se largasse o cigarro, ele teria uma melhora de mais ou menos trinta por cento no seu quadro geral. Sua resposta logo se tornou uma lenda familiar:

"Olha aqui, gente boa, primeiro você me traz de volta os setenta por cento que tiraram de mim, aí a gente vê o que dá pra fazer com os outros trinta."

Não circulava pela casa, não quando podia ser visto por alguém. Ele se levantava antes do sol, e só nessa hora morta do dia é que meu tio se dava o direito de escapar da sua toca. Vi a cena algumas vezes quando voltava da noite – da *orgia*, que era como ele falava no seu idioleto de malandro emérito, sempre com um risinho de canto de boca.

Eram encontros do bêbado com o equilibrista. Com uma das mãos, meu tio apertava com força a muleta, com a outra, se escorava na parede ou no que estivesse por perto, as pernas bambeando. Fazia a ablução matinal no tanque da área, escorando-se apenas com a força da mão esquerda, que grudava na parede como se fosse uma ventosa. Molhava o rosto, a careca, esfregava o peito murcho. Fazia a barba, gargarejava, escarrava no balde. Penteava as sobrancelhas e se secava com uma toalha de mão. Escovava a dentadura. Eu tinha certeza de que meu tio morreria num escorregão fatal de manhã cedinho, mas não aconteceu: ele passou mais de vinte anos a ponto de se estabacar, e nem por isso deixou de fazer, todas as manhãs, o que precisava ser feito. Grudado à bancada da cozinha só por um fiapo de barriga, ele fervia a água, coava o café, acendia o primeiro cigarro do dia direto no fogão, abria e fechava a geladeira, esquentava o pão dormido (que besuntava de manteiga), mastigava ruidosamente, recolhia os farelos, acendia mais um cigarro e lavava a louça que a gente tinha largado na pia na noite anterior.

    O ponto final desses passeios pelo apartamento – o seu destino de todas as manhãs – era a varanda. Ali, Ricardo se acomodava numa cadeira de vime, fechava os olhos e deixava as primeiras luzes do dia tocarem seu rosto, seu tronco, suas pernas. Ficava uma hora, duas horas desse jeito, imóvel como um lagarto, papeando com os passarinhos na língua deles, até que o sol esquentava para valer e tingia mais um pouco a sua pele sempre bronzeada. Eu tinha a impressão de que esse era o único hiato de alegria nos seus dias muito longos, um costume, quase um rito, que deixava o resto da jornada um tiquinho mais tolerável. Acho que meu tio dava tanto valor a essa hora de silêncio no comecinho do dia que, se alguém parasse na sua frente e fizesse sombra, ou então se perguntassem a ele se tinha algum pedido que queria fazer, se desejava alguma coisa – pode pedir o que quiser –, Ricardo nem se daria ao trabalho de abrir os olhos:

    "Só quero que você saia da frente do meu sol, gente boa."

"Falando dele, é de mim que falo"

Já fomos uma família imensa, dessas que se reúnem toda semana para comer, beber e bater boca. Hoje em dia somos poucos, e não nos damos bem.

Pelo lado libanês da minha família, acho que – se fossem vivos – quase todos veriam com bons olhos a virada à direita que vai tomando conta do país, do mundo. Foi assim em 1964, não seria diferente agora. Já no lado ibérico, creio que não seriam a favor nem contra: a única bandeira que sempre empunharam com firmeza era a da indiferença em relação ao que não fosse eles mesmos, suas tribulações com o dinheiro e o tédio dos dias. Só quem dava uns pitacos sobre "o que acontecia lá fora" era Ricardo, mas era quase como se praguejasse. Dizem que ele enchia a boca para dizer que nunca tinha votado e jamais votaria em ninguém e que se contorcia numa careta de ódio sempre que o tio do meu pai, que era bispo, esticava o dedo anular para que beijassem o seu anel de ametista.

"Não sei onde ele andou enfiando esse dedo gordo."

Meu tio desprezava as figuras de autoridade – desprezava qualquer um que insinuasse a ele que seria melhor levar a vida dessa ou daquela maneira. Se bem que isso foi antes: eu não era nascido e Ricardo ainda não tinha desistido do mundo, não tinha se escondido atrás de uma surdez que, desconfio, era quase oportuna, um tanto fingida. Não dei atenção a ele nos anos em que morou lá em casa, mas me interessava pelos relatos, pelo disse me disse a respeito dos seus melhores dias. Cheguei a escrever uma narrativa curta a partir dessas – digamos – fontes orais. Mas isso foi depois, quando ele já não podia me confirmar ou desmentir coisa nenhuma.

Quando resolvi escrever sobre o meu tio, eu atravessava um período complicado. Hoje, anos depois, digo que aquela foi "a era do impasse". O impasse começou – ou tomei consciência dele – em 2 de agosto de 2008, o dia em que meu pai morreu. Eu tinha acabado de fazer 31 anos e me sentia num limbo: sem emprego, sem bolsas de estudo, sustentado pelo pai e arrastando pela vida um casamento que sequer era para ter começado.

"Papai teve um derrame."

A ligação da minha irmã foi um direto no queixo, o golpe de um pugilista peso-pesado que segue invicto desde a primeira luta. Sábado foi o enterro, na segunda vesti uma camisa de botão e fui com minha irmã até o escritório dele. Reviramos gavetas, conversamos com os funcionários, a situação era calamitosa: dívidas impagáveis, credores ávidos, aluguéis vencidos, folha de pagamento nas alturas, nenhum centavo no banco.

A ideia de ser "patrão" (uma palavra cheia de simbolismo paterno) me assustava. A vida inteira tratei de me esquivar da promessa a São Charbel e fui ingênuo de supor que, chegada a hora, eu só teria de bater o pé e dizer que preferia não. Mas o boleto chegou antes do tempo, com exigência de pagamento imediato por três décadas de vida folgada. Eu ia ter de dar um jeito de saldar os honorários do santo.

Me arrastava de uma reunião a outra, movido por um tolo senso de dever – pela obediência a uma promessa que não fiz, a uma promessa que não era minha.

"Por que é que você deixou a gente nessa merda?"

Às vezes eu tinha a sensação de que, em algum buraco no meio do deserto, do outro lado do mundo ou no apartamento colado ao meu, alguém, um impostor, estava vivendo a minha vida no meu lugar. Isso durou quase dois anos. Não guardo boas nem más lembranças dessa época. Não guardo nada, na verdade: na minha memória, esse período é um bloco compacto de dias, uma rocha que não consigo perfurar de jeito nenhum. Fui aprovado num

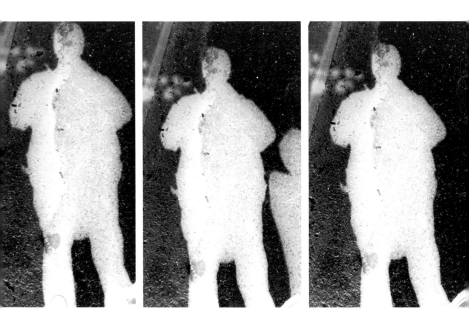

concurso público, a questão do sustento parecia resolvida. Aproveitei para mandar tudo pelos ares: o casamento infeliz, a promessa ao santo, os domingos em família cochilando no sofá com a voz do Faustão servindo de trilha sonora.

Agora, o que me inquietava era outra promessa, a que fiz quando assinei o termo de posse como professor de uma universidade: a de viver o resto dos meus dias em linha reta, subindo um degrauzinho por vez, só para, no fim, na hora da aposentadoria, ter um lugar alto de onde pular. Quis mudar de ideal geométrico, trocar a linha pelo ponto. Ambicionei a ambição de não ter nenhuma ambição. Mas acontece que eu tinha, tenho. Fantasiava uma vida de leitor e (o que me impedia?) também de escritor. Mas escrever o quê? Isso eu não me perguntava. Não queria me ocupar dos pormenores. Só o que pensava era em garantir as condições para começar – e aí seria escrever e ponto, escrever apenas, escrever verbo intransitivo.

Os anos voaram como uma flecha envenenada. Tirei uma licença sabática e passei uma curta temporada fora do país: seriam alguns meses para ler, estudar, pensar e fazer o

que só era possível durante as férias, que iam ficando cada vez mais curtas. Meus dias – que antes eram repletos de aulas, bancas, comissões sem sentido e escrita sem desejo – se esvaziaram como um balão de aniversário, e eu não fazia ideia de como preencher as horas de ócio. Tinha me desacostumado de não ter o que fazer, desaprendido a arte (na qual meu tio era perito) de gastar os dias olhando para o teto. Eu adorava observar enquanto ele se ocupava do seu cigarrinho, absorvido nos seus pensamentos.

Toda tarde eu ia para a linda biblioteca da universidade que me recebeu. Eram horas e horas com o computador aberto, a mente e os dedos latejando com o desejo de escrita. Me forçava a olhar para dentro e a vasculhar o tal "espaço interior", um rincão da cidadela de mim mesmo que não estava habituado a frequentar. Tinha a ilusão de que, se conseguisse algum acesso a esse lugar escondido, encontraria o ponto de partida do "meu romance" – o livro que, timidamente, comecei a prometer aos amigos em noites de bebedeira. Mas aquele lugar era um cômodo sem móveis, um baú vazio, um deserto.

A sequência de semanas estéreis me fez acreditar que a imaginação não era o meu forte. Comecei a entender que talvez me saísse melhor se direcionasse a atenção para a realidade exterior, para a vida "lá fora". Era como se a ânsia de inventar turvasse minha visão, me impedindo de assimilar o que se passava ao meu redor. Não sei dizer de onde vinha o apetite de fingir, de fantasiar, mas não demorei a perceber que, para alguém como eu, a imaginação livre, sem amarras, pode se tornar uma tirana. Era como se a fabulação sem freios me tapasse olhos e ouvidos, em vez de abri-los, me impedindo, assim, de notar as histórias que estão soltas no mundo à espera de quem as escreva. Eu precisava de um tempo, de uma pausa dentro da pausa. Tirar folga do meu desejo. Ficar quieto. Afiar os sentidos. Apenas olhar e ouvir.

Logo me dei conta de que teria de construir uma mesa de trabalho imaginária, portátil, que eu pudesse carregar para todo canto. Abriria os meus cadernos sobre essa mesa, esparramaria meus livros e canetas e atravessaria as noites esboçando uma metafísica barata, passando

a limpo o que outros tinham escrito antes de mim. Parei de levar o computador para a biblioteca (o caderninho era mais ágil) e passei a ocupar meus dias caminhando entre as estantes, guiado pelo acaso e pela política da boa vizinhança: livros que me levavam a livros que me levavam a outros livros até que alguém avisava no alto-falante que a biblioteca iria fechar em quinze minutos. Foi desse jeito que encontrei, numa estante quase no fim de um corredor estreito, o livro *Vidas minúsculas*, de Pierre Michon. Cada capítulo era a pequena biografia de alguém sem muito brilho, homens e mulheres que deixaram pouquíssimos rastros de suas passagens pelo mundo. Eram relatos curtos, ao mesmo tempo líricos e lacônicos, que li numa língua que não era a minha e nem a do autor – que li numa língua equidistante das nossas, numa triangulação com os idiomas que gerava o estranho efeito de embaçar frases e cenas, como num sonho míope. A sensação que tive ao terminar o livro era de que Michon tinha virado do avesso um gênero literário muito antigo, ou que havia fundado um gênero novo, um gênero dentro do gênero: a biografia especulativa. Ele tinha reconstruído, inventado aquelas vidas a partir de bem pouco, umas migalhas, fotos que sobreviveram na gaveta, uma carta que não apodreceu completamente, papéis largados num sótão, a murmuração dos velhos. Fiquei me perguntando se dava para fazer o mesmo partindo do pouco ou quase nada que eu sabia a respeito de Ricardo, o eterno inquilino do quartinho dos fundos. "Falando dele, é de mim que falo": lembro que copiei essa frase do narrador num caderninho que já perdi. Ela ficou várias semanas martelando na minha cabeça. Acabei me convencendo de que ela encapsulava, como se fosse uma pílula milagrosa, tudo aquilo que eu vinha buscando nos últimos meses – sem nem mesmo saber que buscava.

Meus dias de biógrafo foram breves. Primeiro achei que a vida do meu tio dava uma novelinha; depois achei que não dava uma novelinha, mas talvez desse um conto; então achei que dava mesmo um conto, mas que ele teria de se parecer com um ensaio. Tudo o que registrei ali tem a ver com a observação e a escuta – e com o palpite de que não conseguiria escrever a história dele sem falar de mim mesmo, da pessoa que fui quando dividimos o mesmo teto.

É ficção? Recorri à fantasia. Tem especulação, conjectura, um conto dentro do conto (uma família sai de férias e esquece o tio no quartinho de fundos). Em linhas gerais, é uma história verídica, se bem que tomo liberdades aqui e ali. Chama-se "A volta do boêmio" e foi pensada a partir de um episódio que de fato aconteceu: o jovem narrador volta para casa já com o dia claro e o tio-avô esquisitão o recebe de manhãzinha cantando Nelson Gonçalves. Não sei se aconteceu desse jeito. Reescrevi a cena tantas vezes que só o que me lembro é da minha imaginação capinando um lote na biblioteca bem-aclimatada de uma universidade americana. Mas, sim, ele cantou "A volta do boêmio" pelo menos uma vez quando me viu chegando da esbórnia, da orgia:

> *O sol da manhã tinha me expulsado de onde eu estava (um bar, uma festa, não sei dizer), e é provável que eu pensasse em revanche, em obter desforra do mundo – ou num pedaço adormecido de pizza – enquanto cambaleava pelo corredor do meu prédio tentando encontrar a porta de casa. Pense num gorducho imberbe. Alguém que passou tempo demais no próprio quarto, trancafiado por pais superprotetores que temiam sequestros, olho grande, motocas, mulheres tatuadas, psicanalistas, mães de santo, o Lula e o Brizola, a troca de turno dos porteiros. Alguém que se remoía de inveja dos colegas de escola que estavam autorizados a vadiar por aí em cima dos seus skates ou abraçados a vistosas pranchas de surfe, e davam beijos de língua em festinhas da vassoura ao som de Oingo Boingo. Eu era esse gorducho e tentava encaixar a chave de casa na fechadura. Foi quando um barulho me despertou do transe etílico, sons que vinham dos subterrâneos de alguém, uma tosse encharcada que me fez lembrar da existência do meu tio. Ele morava com a gente há pouco tempo, e eu ainda não tinha me acostumado inteiramente à sua presença catarral, aos seus ruídos matutinos – sendo honesto, acho que nunca me acostumei.*

O narrador (eu) está cheio de raiva, uma raiva que não me lembro de sentir naquela época. Fico me perguntando se a raiva tinha a ver com os sentimentos que iam dentro de mim – represados – nos anos em que meu tio morou com a gente e eu era um despreocupado estudante de História, a vida ganha (foi uma época de boas leituras, de festinhas, mas também de uma timidez doentia que me levava a ser rechaçado seguidamente nas investidas amorosas), ou se a raiva reflete os dilemas de quando escrevi o texto, os dilemas da minha era do impasse (um somatório de frustrações profissionais, literárias, familiares e afetivas que podem ou não ter se sedimentado na linguagem do conto). Seja como for, acho a abertura do conto palavrosa, acelerada. Mas alguns parágrafos depois a narração entra no prumo, quando o gorducho imberbe abre a porta da cozinha e dá de cara com o tio gotejante:

Minha ideia era desaparecer da cozinha o mais rápido que pudesse, não queria que ele notasse que eu estava de porre. Mas acabei me distraindo com os restos anêmicos de um estrogonofe que jazia na geladeira, e essa foi a deixa para que ele carregasse de erres sua voz grave, pigarrenta, surpreendentemente afinada:
– Boemiiiiiiia, aqui me teeeens de regrrrrrrrresso.

Nenhuma palavra sobre o sorriso do meu tio, o que acho espantoso: é a única lembrança cristalina que guardo desses encontros do bêbado com o equilibrista, um sorriso que misturava deboche ("olha o moleque achando que é gente") e identificação ("esse aí já tá perdido na vida"). Também não descrevo a sua peculiar virilidade de velho: a careca reluzente, que dava a impressão de que tinha acabado de ser encerada, o queixo quadrado, a barba sempre rente, o futum de água de colônia barata que me fazia espirrar quando eu passava perto dele, o corpo ainda magro apesar do sedentarismo compulsório. Ricardo não tinha o langor dos velhos. Sua fala era ágil, e seus olhos inquietos traíam uma vida interior que parecia muito rica, mas que, por falta de alguém para trocar impressões sobre o mundo, ele teve de trancar com um cadeado antes de jogar fora a chave.

A canção serve de estopim para todo o disse me disse, uma espécie de catálogo do que circulava à boca miúda (gosto da imagem, me faz pensar na voz murmurante de alguém que deixa escapar um segredo) sobre o passado do meu tio:

> *Eu já tinha escutado a canção, é claro. E tinha notícia do que se falava a respeito dele. Que nos bons tempos saía de casa na noite de sexta e só voltava no domingo de tarde. Que escalava a Pedra da Gávea com um grupo de amigos e acampava perto da orelha do gigante. Que levava na mochila um baralho e muita birita e não se casou, mas certa vez teve uma noiva. Que só estudou até o segundo ginasial e nunca pensou em ter filhos. Que frequentou a Lapa numa época barra pesada e teve um convívio respeitoso com os malandros do bairro. Que foi um pé de valsa e se amigou dos cantores famosos, o Francisco Alves, o Cauby Peixoto, o Emílio Santiago. Que começou a trabalhar aos treze anos e foi contínuo e faz-tudo em firmas de contabilidade e escritórios de advocacia no Centro do Rio. Que um dia acordou sem conseguir mexer as pernas e tomou um tombo quando foi se levantar da cama. Que não tocava nesses assuntos com ninguém.*

São duas imagens opostas, quase incompatíveis, as que fui construindo sobre o meu tio. De um lado, o dândi do subúrbio – o careca pintoso e com ar meio cínico que aparece na foto que minha avó me deu de presente quando começou a ficar meio esquecida de tudo. De outro, o entulho humano – o velho que passava o dia falando sozinho e se empenhava em xingar a plenos pulmões os apresentadores de telejornais e atores das novelas.

A vida do tio era contada em sussurros, com gestos incertos, quase num tom de advertência. Com o passar dos anos fui ligando os fios por conta própria, quis preencher vazios: me ensinaram que a tarefa do historiador era preencher vazios. Fiz algumas perguntas à minha mãe, ela foi evasiva, "sobre isso eu não sei, quem poderia te dizer alguma coisa era a sua tia Carmen, eles eram bem ligados, mas por que é que você quer desenterrar esses assuntos? Era um homem solitário, o seu tio…". Depois procurei o Espanhol: se alguém tinha a ficha completa do tio Ricardo era o Espanhol. Tomando cerveja às onze da manhã enquanto assistia a um episódio de Mister Magoo, ele respondeu com uma careta, e se limitou a dizer que meu tio era um puto. Restava o ramo esquecido da família, os parentes de Bangu. Mas eu não queria ir a Bangu, por isso dei a pesquisa por encerrada.

Recentemente, perguntei à minha prima, filha da tia Carmen – numa noite de Natal em que enchíamos a cara para espantar o ressentimento contra os mortos –, qual era a do tio Ricardo. Ela franziu o cenho e disse que minha avó talvez soubesse de alguma coisa. Perguntei à minha avó, ela regurgitou o mingau da tarde.

Não fiz nenhuma pesquisa, não reconstruí os anos boêmios do dândi do subúrbio, minha avó não regurgitou o mingau da tarde. Mas de fato descobri algumas coisas. Por exemplo, a causa provável da sua paralisia nas pernas. Depois da primeira internação, os médicos mandaram Ricardo para casa sem um diagnóstico preciso. E de todo modo ele não queria saber, não se interessava: dizia que não tinha o menor sentido virar a noite na fila do Inamps se o estrago já estava feito.

"Melhor deixar quieto e morrer sentado."

Os médicos falavam vagamente de esclerose múltipla, doenças autoimunes, até que, num atendimento de emergência, um plantonista cogitou a sífilis neurológica. Foi o que ele passou a ter dali por diante: era, por assim dizer, uma doença que condizia com a fisionomia moral do paciente. O que importava – em relação a isso os médicos estavam de acordo – era que não havia remédio, nenhuma cura possível.

Na minha família só se referiam à sífilis como a "doença do seu tio". Em que século vocês vivem?, eu tinha vontade de rebater, mas não tomava as dores de Ricardo nem as de ninguém. Pelas conjecturas do plantonista, a doença ficou incubada por várias décadas. É possível que Ricardo não tenha se dado conta dos primeiros sinais, vai ver foram imperceptíveis, umas bolotas vermelhas que não coçavam e ele tomou por uma pereba corriqueira. Ou foram assustadoramente perceptíveis, uma ferida ulcerosa na cabeça do pau que ele tratou com Merthiolate e unguento caseiro. Me pergunto se já estava infectado na foto em que aparece com meus pais – tão jovenzinhos – e meus avós num jantar esnobe.

Às vezes queria saber fumar, gostar disso, só para segurar o cigarro com a desenvoltura do meu pai, com sua confiança no futuro. Escrevo para minha mãe, pergunto de quando é a foto.

"É a minha formatura do Normal, eu tinha quinze anos! Foi em 1968, uma época gloriosa do nosso país! Por que você quer saber?"

"Nada."

Faço as contas. Ricardo está com 42 anos na foto, a idade que tenho hoje. Olha de lado, as sobrancelhas arqueadas, ameaça um risinho de galã decadente. Sua gravata está torta, a camisa amarrotada, os cabelos (que começam a rarear) uma bagunça. Dá a impressão de que até uns minutos antes estava numa patuscada bem mais divertida do que a formatura da sobrinha e que não teve tempo, ou interesse, de se arrumar para a posteridade. Parece enfeitiçado por alguém que nunca vou saber quem é, mas ele se segura, pisa no freio, não quer transparecer entusiasmo. Mira a câmera de um jeito curioso e ao mesmo tempo com desconfiança: é que ele não está entre os seus, e sim na mesa estreita de um salão da burguesia, com o copo vazio, espremido entre o cunhado oleoso e a irmã meio perua. *Noto um tique-taque sinistro, grávido de consequências, no modo como meu tio olha para a câmera.* Não sei onde enxerguei um "tique-taque sinistro" nessa fotografia: só o que vejo é um homem de meia-idade, bonito, cravando os olhos no fotógrafo ou em alguém que se insinua num cantinho do salão, um dândi do subúrbio que já teve dias melhores, mas ainda sabe as manhas para amolecer uma máquina fotográfica. Ele não tem a menor ideia do que o aguarda logo ali na esquina – o massacre da velhice.

Vai ver ele enxergava na doença um corretivo, uma punição. Mas não me recordo de escutar a palavra "Deus" saindo da sua boca. Não era religioso, tinha horror a padres. Acho que não se importava com o que viria depois da morte, se é que viria alguma coisa.

"As coisas são como são, Banguense. Que mané corretivo."

Quando passei num concurso público, tive de me submeter a uma bateria de exames, conduzida por uma médica que, entre perdigotos e baforadas, repetia que eu era obeso e seria reprovado no teste de saúde – achei que, no mínimo, por também ser gorda, a médica me devia alguma solidariedade. Um dos exames que ela pediu foi o de sífilis. Quando pisei no laboratório e tive de dizer isso a uma atendente, congelei. Me parecia mais tranquilo entregar meu cocô num potinho de plástico do que dizer em voz alta a palavra que (só aí me dei conta) ainda carregava um estigma tão forte: era a marca dos sujos, dos promíscuos, dos libertinos, dos devassos, dos degenerados. Em que século você vive?

Deixei o conto de lado. Ficou esquecido na pasta "Textos" de um HD externo e num envelope na gaveta do escritório. Só duas pessoas o leram, uma delas um amigo que simpatizou de cara com o personagem do tio. Sempre que nos encontramos, ele dá um jeito de tocar no assunto:

"E o tio?"

Digo que não sei o que fazer com o conto, que nem sei se o conto é mesmo um conto, que perdi o fio narrativo e desisti há muito tempo de encontrar um final para a história.

"Dá uma engordada no conto e faz uma novelinha, Charbel. Inventa umas cartas que o tio escreveu pra você. Eu sei, é torpe. Mas quem se importa? Vai na Travessa e dá uma folheada nos lançamentos, hoje em dia é assim que se faz, tem que ter um *arquivo*. Pode ser um diário também, você se dá bem com diário. Ou algo nessa linha, o caderninho de notas de um gigolô amasiado que ficou esquecido num quartinho imundo cheirando a esperma, e que uma velha cafetina da Lapa encontrou e te mandou pelo correio. Põe umas fotos também, dessas que vendem pelo peso nos balaios de saldos."

"Não sei inventar."

"Ãááááá cara... papo furado isso."

Deixei o conto de lado e fui cuidar de outras coisas, escrever outras coisas. Aceitei que era impossível reconstruir a vida do meu tio. Até mesmo para fazer conjecturas eu precisava de algo mais sólido: me faltavam inclusive as migalhas que bastam a uma biografia especulativa. Tudo na história de Ricardo era espaço em branco. As pessoas com quem ele conviveu fora do círculo familiar, por exemplo: mesmo que estivessem vivas e lúcidas, o que era bastante improvável, eu não sabia quem elas eram, não restava nenhuma pista, nada. Contam que certa vez teve uma noiva, mas como ela se chamava? Dizem que era um pé de valsa, mas com quem ele fazia par nas noitadas da Gafieira Estudantina, na Praça Tiradentes? Escalava a Pedra da Gávea nos fins de semana, mas quem é que enrolava as cordas com ele, esticava o saco de dormir, levava a birita e o baralho? Fora o burburinho, o disse me disse, a passagem do meu tio pelo mundo era um borrão. E, seja como for, na minha família as pessoas sabiam o que sabiam, e só contavam o que queriam contar, do modo como podiam contar.

Não desgosto do conto. Mas sinto falta de alguma coisa: a mão pesa aqui e ali, e certas passagens, de tanto que foram lapidadas, polidas, acabaram perdendo substância. Se bem que não é o estilo o que me aborrece, e sim algo que, até outro dia, eu não sabia dizer o que era. Acho que me faltavam recursos para dar forma à vida do meu tio: pesquisa bem-feita, técnica narrativa. Faltava um ângulo à minha história. Em resumo, não dava para escrever uma biografia partindo de material tão escasso: um punhado de relatos de segunda ou terceira mão e as memórias dos poucos anos em que dividi o teto com ele, trocando quase nenhuma palavra. Se eu quisesse retomar aquelas páginas miradas e concluir o que havia começado sete anos antes, eu teria de ser capaz de acessar alguma região – por mais ínfima que fosse – que dissesse respeito a como meu tio de fato viveu, em vez de me escorar no que contavam, à boca miúda, sobre a pessoa que ele pode ou não ter sido antes de ficar doente.

O lampejo só me veio quando, por obra do acaso, topei com a certidão de óbito de Ricardo, enquanto revirava uns papéis velhos na casa da minha mãe, depois de um almoço de Natal. Eu tentava verificar se ainda dava para reabrir o processo de cidadania portuguesa que meu pai tinha iniciado no comecinho dos anos 1990. Procurava a certidão de nascimento da bisa Emilia, não encontrei. Mas a curiosidade seguiu me atiçando, até que, no armário que tinha pertencido à minha avó, me deparei com uma caixa amarela lotada de fotografias em preto e branco. Meu tio aparecia em algumas.

Foi só aí, enquanto passava os olhos pelas fotografias e folheava os documentos do meu tio, só aí percebi o que me incomodava no texto. Me incomodava que em vez de narrar a vida eu me limitasse a contar a sua morte, que era só o que eu conhecia com propriedade a respeito de como ele viveu. Também me incomodava que restasse tão pouco da pessoa real no que era para ser a história de Ricardo, e não de todas aquelas máscaras que, com os anos, baseado no que sussurravam em festas e reuniões de família, fui moldando a partir do rosto dele: o malandro emérito, o solteirão convicto, o boêmio da Lapa, o dândi do subúrbio, o cão que rosnava para a tevê, o monge fornicador, aquele que dominava o idioma dos passarinhos, o agregado, o petulante, os escombros de um ser humano, o inquilino do quartinho de fundos, o homem que arrastava pela vida um balde de mijo.

O referido é verdade e dou fé

Passei um ano inteiro sem falar com minha mãe. Brigamos feio na época da eleição de 2018, mas, apesar da raiva que eu sentia dela, a culpa bateu forte e eu quis me reconciliar. Minha irmã sugeriu um almoço de Natal:

"Mas vocês têm de prometer que não vão falar de política."

Prometi. Enquanto eu me servia com porções generosas de pernil e arroz com lentilha, minha mãe falava. Ela falava e nós comíamos, estava apreensiva com o reencontro e eu também, e, talvez para minimizar os riscos de tocar num assunto que incendiaria o meu ânimo e o dela, desandamos a falar do passado, da época que, pelo menos na aparência, éramos uma família até certo ponto funcional. Naquela semana ela tinha sonhado com o apartamento da Morais e Silva, na Tijuca, e quis saber se nos lembrávamos das festas de fim de ano, tão animadas – se nos lembrávamos de como as coisas tinham sido um dia e deixaram de ser. "Claro que sim", eu disse, "vivi ali até meus onze anos, lembro de tudo", e o que me veio à mente quando disse que me lembrava de tudo foi a sala seminua do apartamento, sem nenhum outro móvel a não ser a mesa de jantar. Meus pais não chegavam a um acordo sobre como decorar a sala, iam empurrando com a barriga. Mas eu gostava daquele arranjo: era perfeito para as finais de Copa do Mundo que eu disputava contra mim mesmo, e perdia.

Uma vez por semana minha mãe se reunia com um grupo de amigas e amigos para debater os mistérios do universo. Eles se sentavam em círculo sobre o piso de tacos, os pés em cima das coxas, como se fossem levitar. Eu me encantava com a atmosfera de introspecção e segredo daqueles encontros: o perfume do incenso, o caderno de capa dura e frisos dourados que eles chamavam de ata, a gravidade estampada no rosto dos cabeludos grisalhos e das mulheres de vestidos floridos, enquanto percorriam com os olhos, muito concentrados, os alfarrábios rosa-cruzes, as parábolas da Madame Blavatsky, os labirintos do *Corpus hermeticum* e do livro das feiticeiras de Honório de Tebas. Mencionei aquelas reuniões, minha irmã balançou a cabeça, não se lembrava de nada. Já minha mãe ficou em silêncio. "A gente não tinha um centavo na época", ela disse depois de algum tempo, quando eu já pensava em mudar de assunto. "Seu pai foi atrasando os carnês até que um dia veio o oficial de justiça e levou os nossos móveis. Depois seu pai cismou que era para a gente ir morar fora do país, recomeçar tudo do zero. Ele juntou um bocado de papéis que conseguiu garimpar nos armários dos velhos. Queria virar português, você sabe como era o seu pai. Quando cismava com alguma coisa…"

Eu não tinha nenhuma lembrança do oficial de justiça indo lá em casa. Na minha cabeça, a sala sem móveis tinha sido escolha, uma espécie de decoração minimalista. Também não lembrava do esforço do meu pai para obter a cidadania portuguesa. Nas circunstâncias atuais do país, até que seria bom ter uma carta na manga, pensei. Perguntei à minha mãe onde estavam os documentos. "No lugar de sempre", ela disse, "na pasta de elástico da sua avó, no armário dela." Peço para dar uma olhada. Minha mãe larga o prato de pernil e arroz com lentilha pela metade e, sob protestos da minha irmã e do meu cunhado, e risinhos excitados dos meus dois sobrinhos, se levanta e vai buscar a pasta. Noto que seus passos estão mais lentos, que ela está um pouco encurvada, que envelheceu no ano e pouco que me forcei a ficar longe dela.

Minha mãe não precisa de mais que dois minutos para encontrar e trazer a pasta. Meus sobrinhos me cercam, querem saber se foi Papai Noel quem deixou aquele presente para mim. São crianças expansivas e curiosas, mas me evitam: para eles sou um estranho que só dá as caras duas vezes por ano e a mãe obriga a chamar de tio e a dar um beijinho contrariado de boas-vindas. Digo que não, que não foi Papai Noel, eles se desinteressam na mesma hora. Aproveito para abrir a pasta e esparramar os papéis em cima da mesa, que ainda está emporcalhada com os restos da ceia.

O primeiro documento que pego nas mãos é o cadastro de estrangeiros de Emilia Marques Alvarez. Não é mais que um pedacinho de papel amarelado e, no entanto, é uma peça importante no dossiê que meu pai montou quase trinta anos atrás. Minha bisavó parece infeliz na foto 3 x 4, o mesmo ar de fastio em todas as suas fotos que sobreviveram. Tem cinquenta anos, parece ter oitenta, mas não é a foto o que fisga minha atenção, e sim a assinatura hesitante de camponesa pouco letrada, a assinatura de alguém que não devia se sentir muito à vontade com uma caneta na mão.

Morreu quando eu era pequeno, e passou tantos anos fora do ar ("esclerosada", minha família dizia) que, na única lembrança que tenho dela, a minha bisavó é uma estátua de mármore, um enfeite sem vida na sala muito escura do apartamento dos meus tios. Não sei quase nada sobre os avós da minha mãe. Só que, antes de vir para o Brasil, Manoel era lavrador nos cafundós da Galícia e Emilia "lavava para fora" num vilarejo em Trás-os-Montes. Sei também que no Rio ele se tornou garçom e ela, empregada doméstica – em algumas fotos Emilia aparece vestindo o

uniforme branco que ela mesma costurava numa daquelas máquinas antigas, de pedal. Seus filhos não tiveram mais sorte do que os pais: Bertha ganhou a vida como telefonista do Hotel Serrador; Ricardo como contínuo em firmas de contabilidade; Carmen cuidava da casa; e Zeca, o caçula, era estofador. São essas as profissões que aparecem nas carteiras de trabalho, certidões de casamento e de óbito, que ficaram todos esses anos no armário da minha avó e agora estão aqui, comigo, em cima da minha mesa de trabalho. De tempos em tempos, Bertha abastecia a pasta de elástico com a papelada de quem morria, duas ou três vezes por dia eu abro a pasta esfarelada e passo os olhos e as mãos por esses papéis velhos.

    Meus sobrinhos jogavam bola na varanda, meu cunhado cochilava no sofá, minha irmã e minha mãe discutiam baixinho na cozinha. Enquanto isso eu lia o documento que enterrou de vez as pretensões do meu pai de se tornar cidadão português: a carta de José Maria Ramos, "conservador" do Registro Civil de Vila Real. Na carta, Ramos informa que "por não ter sido encontrado, nos anos de 1903 a 1911, o assento de nascimento de EMILIA MARQUES, não é possível enviar a V. Exª. a certidão pedida. Assim devolvo o cheque da importância de 800$00".

```
        Com os melhores cumprimentos.

                O Conservador

            (José Maria Ramos)
```

Minha mãe me diz para levar a pasta comigo: quer que eu vá ao consulado e reabra o processo, ou que viaje a Portugal para caçar a certidão perdida, o "assento de nascimento" da minha bisavó.

"Você é historiador ou não é?"

No metrô, abraçado à pasta, sinto o entusiasmo minguar. Não vou mover uma palha, não vou seguir em frente com essa história de segunda cidadania. Se as tarefas corriqueiras já me consomem tanto, que dizer das fadigas para conseguir um passaporte novinho em folha? O trato com despachantes, as filas arrastadas, dias perdidos em cartórios paroquiais para localizar um papel que certamente se queimou num incêndio ou os ratos comeram. Se José Maria Ramos, que ganhava (talvez ainda ganhe) a vida farejando papéis velhos, se um arquivista de província atiçado por uma promissória de oitocentos dinheiros (escudos? dólares? cruzados novos?), se o guardião de registros, diplomas, foros e escrituras não conseguiu atestar e dar fé de que minha bisavó realmente nasceu, por que vou alimentar qualquer ilusão de êxito?

No outro saco plástico estavam os documentos avulsos, desprovidos de utilidade imediata. Eram simples relíquias: certidões de casamento, nascimento e óbito, carteiras de identidade, de trabalho ou de clubes, isso para não falar no termo de concessão perpétua do túmulo de Bertha Alvarez Nicolau – a tumba do cemitério do Caju que minha avó levou quase vinte anos para quitar e hoje é o seu endereço, e um dia vai ser o meu.

Nesse mesmo bolo de papéis, encontrei a certidão de óbito do meu tio. Ao contrário dos outros documentos que estão naquele saco plástico, este aqui me fala diretamente à memória. É que fui o declarante da morte de Ricardo. Fui eu quem informou ao agente funerário – ou a quem quer que fosse aquele homem magro e de pele amarelada que vestia uma camisa de botão azul-bebê para lá de sebosa – tudo o que foi lavrado naquele pedaço de papel:

> CERTIFICO que, revendo o livro 568_C do registro de óbito, consta o de RICARDO VIDAL ALVAREZ, falecido em 15 de outubro de 2002, às 00:25 horas no HOSPITAL MIGUEL COUTO, do sexo MASCULINO, da cor BRANCA, filho de MANOEL VIDAL ALVAREZ e de EMILIA MARQUES GONZALEZ, com a idade de 77 anos, profissão APOSENTADO, estado civil SOLTEIRO, natural do Rio de Janeiro. Não deixou filhos, não deixou bens, não era eleitor e faleceu sem testamento conhecido. Causa mortis: PARADA CARDIO RESPIRATÓRIA, ACIDENTE VASCULAR CEREBRAL, ÚLCERA VENOSA. Eu, escrevente autorizado, a extraí. O referido é verdade e dou fé.

Não deixou filhos, não deixou bens, não era eleitor e faleceu sem testamento conhecido. Leio a frase, releio, me parece espantosa. Fico me perguntando o que sobra para Ricardo depois dessa sequência de negativas. No ato burocrático final, a vida de um homem é reduzida às suas renúncias, ao que preferiu não: procriar (se possível como resultado natural do casamento), construir patrimônio (deixar alguma coisa para os filhos que não teve), cumprir as obrigações com o Estado (votar), distribuir suas posses (inexistentes) ou palavras (lacônicas) para que o seu nome continuasse circulando por mais algum tempo na boca dos vivos. Mas a vida do meu tio não se projeta um único milímetro para frente: é como se ele tivesse feito do apagamento o seu legado possível, a sua única herança.

Me interessam nesses documentos as histórias potenciais que eles preservam, os traços de vida que vazam pelas rachaduras do papel, os lapsos da língua dura dos burocratas. Sempre que escolho um desses papéis para passar os olhos, noto uns fiapinhos de narrativa querendo se soltar – aí é só puxar com muito cuidado. Gosto de ter a papelada perto de mim, nas cercanias da minha curiosidade. Não sei o motivo, mas isso me traz algum conforto.

A papelada me revela, por exemplo, que meus bisavós se casaram no Brasil, e não na Europa, como eu imaginava. Isso foi em 1922, diante do Dr. Pedro Delduque de Macedo, juiz da pretoria cível do Distrito Federal, sob o regime de comunhão de bens – logo esses dois, que passariam a vida pulando de casa em casa sem nunca assinar uma escritura de compra e venda. No tronco ibérico da minha árvore genealógica, a segunda geração permaneceu no mesmo galho da primeira, um galho baixo. Eram pobres quando chegaram ao Brasil, são pobres até hoje, cem anos depois. Suas certidões de óbito terminam quase sempre do mesmo jeito: "não deixou bens ou testamento conhecido".

Esses dias li a certidão de óbito do meu bisavô. Fora o que diziam sobre as circunstâncias tragicômicas da sua morte ("morreu com a cara afundada num prato de sopa!"), o nome "Manoel" quase não era falado na casa dos meus tios. Infartou aos cinquenta anos. Não sei dizer se pensavam nele, acho que foram deixando para lá. Não sei dizer se era alto ou baixo, magro ou gordo. Não aparece em nenhuma foto. Me empenho e consigo encontrar um fiapinho de narrativa no documento que atesta a sua morte.

> CERTIFICO que revendo em meu cartório o livro nº 254 do Registro de Óbito, acha-se lavrado o termo sob o número 4304 o óbito de MANOEL VIDAL ALVAREZ, do sexo MASCULINO, da cor BRANCA. Falecido em 21 DE JUNHO DE 1942, às 10 horas e 10 minutos, filho PESSOAS NOMES IGNORADOS. Idade 50 anos. Estado civil CASADO COM EMILIA VIDAL ALVAREZ, natural de HESPANHA, profissão GARÇOM. Falecido em consequência de INSUFICIÊNCIA CARDIO-RENAL. Lugar do enterramento, cemitério SÃO JOÃO BATISTA. Deixa filhos? SIM, QUATRO MENORES.

```
Falecido em 21 DE JUNHO DE 1942
às 10   horas e 10   minutos, filho PESSOAS NOMES IGNORADOS=
```

O que me intriga, aqui, é que a pessoa que passou as informações ao agente funerário ou ao funcionário do cartório (a viúva? um dos filhos?) não tinha ideia de como se chamavam os pais do morto. Manoel infartou num domingo de manhã, longe de casa. Não tenho como saber o que ele fazia em Cascadura, se trabalhava num bar longe do Centro, se ficava na farra até altas horas, se tomava uma tigela de sopa de ossos para curar a ressaca. Nem sei se bebia.

Fico me perguntando se "filho pessoas nomes ignorados" não é indício de um segredo, de uma informação que Manoel sonegava da mulher e da prole. Será que se envolveu numa vendeta e foi posto para correr do vilarejo onde nasceu? Quero saber mais sobre os galegos que vieram parar no Rio, baixo uma tese sobre o assunto. De acordo com a autora da tese, as causas mais comuns da emigração galega eram a "pobreza do campesinato", o "recrutamento militar severo", a "pressão fiscal num regime de minifúndio" e as "disputas por herança". É possível que houvesse outras explicações além dessas, mais novelescas: a ânsia de aventura, o tédio contagioso, o desânimo que não passava, esses burburinhos, enfim, que atiçam a pessoa por dentro e fazem com que ela embarque num navio e deixe tudo para trás.

Um dia desses vou ao Arquivo Nacional checar os registros dos vapores, as entradas de estrangeiros. Quem sabe encontro os nomes de Manoel e Emilia numa lista de desembarque. O mais provável é que só descubra o que já sei.

"Morreu com a cabeça afundada na sopa", minha avó não se cansava de repetir sobre o pai dela – mas isso o escrevente autorizado não atesta e nem dá fé. Na certidão, só o que leio com boa margem de certeza é o desamparo da viúva: "Deixa filhos? Sim, quatro menores".

Deve ter sido um velório concorrido, o do meu bisavô. Fazia tempo bom naquele dia de inverno de 1942, máxima de 22,8 °C e mínima de 13,8 °C, nevoeiro de manhã e céu aberto de tarde. "Lugar do enterramento, cemitério São João Batista." São dez minutos de caminhada da rua onde moro. Meu pai também está enterrado ali, e não no jazigo do Caju, como era para ter acontecido. É que não fazia nem dois meses que o Espanhol tinha ido morar na tumba da família, e nós só temos direito a uma vaga em escritura. Carmen tinha doze anos, Zeca dez, a minha avó dificilmente estava em condições de fazer alguma coisa, então deve ter sido Ricardo quem, aos dezesseis anos, acertou tudo com os coveiros, barganhou um preço justo para a coroa de flores e apertou as mãos dos ajudantes de cozinha e gerentes de boteco que foram se despedir do Galego, que era como o meu bisavô talvez fosse conhecido. Também imagino uma conversa franca de Ricardo com o pai, enquanto as carpideiras, num choro mecânico, faziam jus a umas poucas moedas:

"Vai na paz, velho, deixa que eu cuido das coisas por aqui."

(Risco a frase, acho piegas. Ponho de volta. É um movimento duvidoso esse aqui: pôr na boca do tio as palavras que, sessenta e tantos anos depois, no mesmo cemitério, eu diria a meu pai. A frase fica.)

Na visão da minha mãe, as histórias que circulavam a respeito do seu tio guardavam de certo modo algum valor pedagógico. Era uma vida que ensinava, a dele. Mas ensinava pela negativa: um livro impróprio que largaram aberto sobre a mesa e que alguém precisava colocar de volta na estante, num cantinho escondido – alguém, mas não ela.

Pego a pasta na gaveta, fecho a janela, ligo o ar-condicionado. O sol se esparrama na minha mesa de trabalho, sinto vontade de sair do meu cubículo por algumas horas: o dia está lindo, glorioso, ia ser bom dar uma volta na Lagoa com esse céu alaranjado do fim da tarde, depois tomar uma água de coco ou uma cerveja num quiosque. Mas desde que trouxe os papéis e as fotos aqui para a minha casa nova, onde há pouco mais de seis meses vim morar com a Ieda, me sinto preso ao quartinho de fundos que fiz de escritório – e a algumas ideias e anotações que podem ou não resultar num relato, neste livro, que comecei a rascunhar uns dias atrás e não faço ideia aonde vai me levar.

O consulado português fica a dois quarteirões daqui. O que me custaria levantar desta poltrona nova, uma imitação meio fajuta de couro – tão confortável e que cheira tão bem, mas que me faz suar nas coxas, nas costas, na bunda – e ir atrás da certidão de nascimento que o conservador José Maria Ramos deu por perdida? (Anotação mental: digitar no Google o nome completo da minha bisavó.) Na pior das hipóteses, se o consulado estiver fechado ou se ninguém me atender, vai ser um passeio agradável pelas ruas de Botafogo, meu novo bairro, que ainda preciso conhecer melhor. Só que o desânimo me paralisa, me sinto preso ao imobilismo – ponho na conta do calor, do verão, mesmo sabendo que não é bem isso, que não é só isso.

Abro o caderno e, enquanto preencho as folhas pautadas com minha letrinha infantil (a caligrafia é mais reveladora do que vai dentro de mim do que as frases que escrevo), sou inundado pela tola sensação de que, se não sair do lugar, se ficar parado onde estou (no quartinho, nos cadernos), se souber agir como um animal que se camufla, que se entoca, nada de mau vai me acontecer. Minhas apreensões já não parecem tão agudas – não a ponto de me afastarem, por uma tarde que seja, desta biografia enviesada, que às vezes me dá a impressão de que só quer fugir do biografado.

Me faltam habilidades para traçar prognósticos, fazer apostas. Vai mesmo acontecer? A história pode se repetir? Qual o limite dessa gente torpe? Penso nos meus bisavós, deve ter sido duro abandonar o Líbano, a Galícia, Vila Real

> Tempo negro. Temperatura sufocante. O ar está irrespirável. O país está sendo varrido por fortes ventos. Máx.: 38º, em Brasília. Mín.: 5º, nas Laranjeiras.

em Trás-os-Montes. Nem sei como seria para mim ter de abrir mão do idioma, dos meus livros, me afastar dos amigos e dos bares de sempre. Acho que na minha família existem dois tipos de pessoas: as que se encolhem num canto e tentam passar despercebidas pela vida e as que dão no pé no primeiro barulho. Preciso saber em qual dessas duas categorias eu me encaixo.

Quero escrever sobre a vida, e não sobre a morte do meu tio. Sobre as fotos que encontrei no armário da minha avó, e não sobre as memórias que guardo do enterro dele. O enterro é um evento situado nos arredores da matéria biográfica, mas não é parte dela. No máximo é o epílogo, um adendo: diz mais sobre quem fica do que sobre quem sai de cena. Acontece que ontem de noite acabei mudando de ideia. É que me lembrei de um gesto do meu tio, um gesto que, quase vinte anos depois da sua morte, me parece revelador de quem ele era, de como ele achava que o mundo deveria ser.

Ricardo ficou três meses internado tratando de escaras infeccionadas nas duas pernas. Já não tomava sol na varanda de manhã cedo: suas pernas não aguentavam mais, o pulmão não aguentava mais, ele não aguentava mais (o nome técnico das escaras, confiro na certidão de óbito, é "úlcera venosa"). *No hospital*, escrevi sete anos atrás, *cogitaram amputar as duas pernas, suspeitavam de gangrena. Mas as feridas cicatrizaram, ou os médicos desistiram dele e o mandaram apodrecer em casa, não sei bem. Ele voltou ao quartinho, mas uma semana depois teve um derrame e foi internado às pressas. Não me lembro da última vez que falei com ele. Não fui visitá-lo no hospital.*

Quem cuidava do tio Ricardo era a Selma, que trabalhava lá em casa como diarista e acumulava os serviços rotineiros e os cuidados com o doente (não sei se recebia a mais por isso). Dava banho nele, limpava o balde, trocava sua roupa, preparava o almoço (um dia macarrão com salsicha, no outro carne moída com purê, que era só o que ele gostava de almoçar). Viam novela e "o repórter". Acho que, nos cinco anos que morou com a gente, meu tio só se abriu de verdade com a Selma. Foi ela quem telefonou para dar a notícia:

"Volta pra casa, seu tio morreu."

Eu estava no primeiro ano do mestrado e os meus dias se resumiam a assistir às aulas, estudar na biblioteca e me embriagar com meus amigos nos inferninhos da Lapa. *Respondi que a aula já ia começar, que não tinha como eu voltar para casa antes das seis da tarde. Mas Selma me lembrou de que a minha mãe estava num cruzeiro no Nordeste, comemorando seu aniversário, que minha avó já não falava coisa com coisa e minha irmã agora morava em outra cidade. Não tinha jeito, eu ia ter de enterrar o meu tio. Senti vergonha de mim mesmo. Voltei para casa e acertei os detalhes com a funerária, por telefone. Só depois liguei para o meu pai – ele e minha mãe já haviam se separado quando o tio Ricardo foi morar lá em casa. Meu pai sempre se queixava de que eu só dava as caras para pedir dinheiro, o que em linhas gerais era verdade, mas supus que dessa vez ele não me julgaria mal. E estava certo. Meu pai chorou, chorei junto. Se ofereceu para pagar o enterro, agradeci. Quando desliguei o telefone, fiquei me perguntando se, enquanto falava comigo, ele tinha se lembrado da anedota infame sobre o tio solteirão esquecido pela família no quartinho de fundos. Eu me lembrei.*

No táxi, a caminho do hospital, minha avó não parava de falar. Naquele dia ela não me chamou de Zeca nem uma única vez, estava lúcida. Deve ter sido a última conversa que tivemos antes de ela sair do ar para sempre.

"O meu enterro já deixei quitado."

Um milhão e setecentos mil cruzeiros, verifico na pasta de elástico. Foi quanto custou a sua tumba, a minha tumba, dividida em cento e quarenta e quatro parcelas corrigidas pela inflação. Quando ainda podia pegar o ônibus sozinha, minha avó ia ao cemitério uma vez por mês. Levava flores para os mortos e cuidava do jazigo, da sua propriedade – a única escritura de compra e venda que chegou a assinar na vida. Quando morreu, os funcionários do Caju ainda se lembravam dela:

"Uma senhorinha, baixolinha, cabeça toda branca? Fazia tempo que não vinha aqui. Lavava o jazigo com sapólio, passava Perfex nas fotos dos defuntos."

Minha avó falava com entusiasmo das exumações que precisou acompanhar na sua tumba. Pensar na própria morte era a sua maior distração.

"Se não fosse por mim, vocês todos seriam enterrados como indigentes."

Era bom quando ela implicava, pegava no pé. Até quando ela me ofendia era bom – sinal de que estava ali com a gente, e não perdida no breu de si mesma. *Alguém da família tinha de reconhecer o corpo.* Encarei a minha avó, ela mastigava a própria dentadura. *Não merecia passar por isso mais uma vez. Um homem magro e de pele amarelada me conduziu em silêncio por uma sala de paredes metálicas e iluminação incerta. Abriu a porta de um freezer descomunal, embutido na parede, e puxou o carrinho. Não precisei encarar o corpo por mais que três segundos. Esqueci de checar se o joelho estava dobrado de um jeito estranho, como o funcionário da agência funerária tinha me alertado. Ele me cobrou acima da tabela, o seu pessoal teria de fazer uns reparos no corpo. Não reclamei. Eu ia argumentar o quê? Se o defunto exigia hora extra, que o pessoal dele recebesse pelo serviço. Me incomodou que meu tio estivesse nu. Achei violento, desnecessário, e nem o fato de ser uma humilhação a que todo mundo vai se submeter em algum momento me serviu de consolo. Seu pau era imenso – o pau do cadáver. Invejei, mas um segundo depois me dei conta de que aquele pedaço de carne não tinha mais uso. Assinei o que me deram para assinar e fui embora dali.*

Foi um velório austero, frugal. Era a menor sala do cemitério e tudo o que havia era espaço sobrando. Além de mim, da minha avó e da Selma, também compareceram a minha prima e sua filha de oito anos, minha afilhada. Contam que a menininha fez um discurso bonito, mas disso não me lembro.

"Agora ele vai descansar."

Selma estava inconsolável, chorava, não cabia em si de tanta dor. Uns meses antes Ricardo tinha proposto a ela que se casassem no papel. Foi a oportunidade que ele viu de retribuir os cuidados, o afeto daqueles anos: deixando uma pensão. Mas não deu tempo. Meu tio precisou ser internado às pressas e não tiveram como passar no cartório. Gosto de pensar que me convidariam para ser padrinho.

Quando narro a amigos o pouco que sei sobre a vida do meu tio, sinto que meu relato vai se ajustando ao que as pessoas talvez fantasiem como o ideal de uma vida bem vivida, de uma vida palpitante. Digo que Ricardo bebeu dionisiacamente e trepou como se fosse um personagem de Pasolini. Que nutriu uma indiferença soviética em relação à propriedade privada. Que tinha a alma portátil e, quando morreu, tudo aquilo que possuía coube numa maleta de viagem. Que rosnava contra a tevê e contra a mediocridade da sala de estar. Que nunca precisou de um bom tênis para fazer trilhas ou escalar a Pedra da Gávea, ou de mais que um pedaço de pano

para acampar nas praias mais lindas e jogar e beber e perder a cabeça longe do falatório tijucano. Digo que só fazia o que estivesse com vontade, na hora que achava melhor. Digo que foi anarquista, epicurista, hedonista, niilista, cínico e cético, tudo ao mesmo tempo, e não passou perto de ser filósofo.

Não era filósofo, mas havia alguma filosofia na forma como escolheu levar a vida. Não deixou nada escrito, nenhum ensinamento. Seu evangelista foi um escrevente anônimo de cartório, que resumiu todo um modo de existir naquela frase lapidar, a epígrafe que é também um epitáfio: *não deixou filhos, não deixou bens, não era eleitor e faleceu sem testamento conhecido.*

Essa sequência de "nãos" me faz pensar numa passagem que sei de cabeça. Ela está num livro que li quando era um mestrando desocupado e ficava o dia todo na biblioteca, um parágrafo curtinho de *Vidas dos filósofos ilustres*, de Diógenes Laércio. É um elogio dos inadaptados, dos que desistem, de quem cogita por alguns instantes algo de grandioso, mas prefere mudar de ideia. Não é uma apologia do fracasso: fracasso tem a ver com tentativa e erro, com frustração, com expectativas que não se cumprem, com desapontamento. Também não é a insubordinação catatônica de Bartleby. A frase que um Diógenes (o biógrafo) escreveu sobre outro Diógenes (o Cão, o filósofo-mendigo) é um elogio de quem faz da recusa o gesto supremo, e da opção pelo "não" o exercício da mais perfeita liberdade: "Ele louvava os que estavam prestes a casar, mas não casavam; os que pretendiam fazer uma viagem, mas jamais partiam; os que desejavam devotar-se à política, mas não o faziam; os que falavam em constituir uma família, mas não a constituíam".

O cínico Diógenes, o filósofo-mendigo biografado por Diógenes Laércio, era chamado por seus conterrâneos de Cão: foi o modo que os atenienses encontraram de debochar daquele "Sócrates enlouquecido", ofendendo-o. Diógenes achou graça, preferiu incorporar o insulto ao nome. E se deliciou com a analogia. Afinal, os cães vivem de acordo com a natureza: latem quando querem, se alegram com restos e uns poucos afagos, lambem a própria genitália, e isso os deixa muito contentes. Por que não seguimos o exemplo deles, não passamos a viver como eles? Solteirão convicto, celibatário militante, Diógenes dormia num barril e carregava os seus poucos objetos numa mochilinha imunda. Foi chamado de boêmio originário, avô dos imprestáveis, o primeiro hippie. Ridicularizou oráculos, religiões. Adulterou a moeda corrente. Desdenhou da ânsia pela glória, por riquezas, sem jamais menosprezar as urgências da carne. Queria que se esquecessem dele, e até hoje é lembrado por esse motivo.

Nas ficções que fui criando com base no pouco que sei sobre a vida do meu tio, ele é uma espécie de versão serena do filósofo-Cão: o quartinho seu barril, a muleta o seu cajado, o balde laranja que resiste a qualquer analogia, a língua afiada, as manhãs lagarteando sob o sol, o mau humor como preceito de vida (um mau humor que beirava o entusiasmo). Tinha a risada de um bobo shakespeariano, o riso de deboche, zombeteiro, daqueles que sabem que não temos a menor chance de sair ilesos dessa armadilha que um desgraçado qualquer armou para a gente (ou que montamos para nós mesmos, não faz a menor diferença). Preferiu esperar a morte sentado e fazer troça das pessoas que desperdiçam os dias se perguntando qual é o ponto, qual o sentido de tudo, o que foi que viemos fazer aqui.

"Corta essa, Banguense. Que mané sentido, que mané filosofia."

A pausa

No começo do ano passado, dia 4 de janeiro de 2020, tive um sonho estranho. O sonho veio como resposta a uma pergunta que fiz a mim mesmo no rápido intervalo entre abrir os olhos e pegar no sono outra vez – na véspera, eu tinha abandonado o romance em que vinha trabalhando há alguns meses. Desde a publicação de *Janelas irreais – um diário de releituras* eu não tinha escrito mais nada. Mandei o livro para a editora e fui consumido pela tristeza. Não tinha relação com o vazio que toma conta de mim depois de terminar um ensaio ou um livro, era diferente. Caí em depressão porque caí, é a melhor explicação que encontro (pelo menos a mais honesta). Alguma hora vou ter de pensar sobre isso, mas não aqui: este livro é sobre meu tio, ou melhor, é sobre mim também, mas só porque, falando dele, é de mim que falo.

No romance que comecei e deixei de lado, eu seria uma versão mais acanhada, ainda menor, da pessoa que fui aos trinta anos, quando estava sem emprego, sem bolsa, era sustentado pelo pai e me sentia preso a um casamento que sequer deveria ter começado. Na primeira página, alguns dias depois de me separar, eu voltava a morar com minha mãe – ou com uma versão bastante piorada dela mesma – no apartamento em que vivi até os onze anos.

Nesse passado alternativo, minha mãe jamais teria se mudado do apartamento da Morais e Silva, na Tijuca, e minha avó (sempre fora do ar) ocuparia o quarto que, antes, tinha sido o meu. Era uma distopia pessoal, e nela eu me tornava o inquilino do quarto de fundos na casa onde nasci. Não me dei conta disso na época, mas o que eu tentava fazer era me colocar – acho que pela primeira vez na vida – no lugar do meu tio. Enxergar o mundo a partir da sua altura. Estar na minha própria casa e ver a mim mesmo, ser visto por todos, como um intruso.

Eram oito, dez horas por dia num frenesi de escrita, as frases jorrando aos borbotões em caderninhos que eu enchia da primeira à última página, ocupando toda a superfície da folha – depois riscava, escrevia por cima, passava a limpo num caderno maior. Assim eu ocupava os meus dias. No fim da tarde, acabado, as mãos tremendo, eu saía para uma caminhada na Lagoa ou no Aterro e pensava no que tinha escrito e no que iria escrever no dia seguinte, mas acontecia com frequência – esses dias eram os melhores – de a minha mente se esvaziar de uma hora para a outra. Me distraía com as árvores, as nuvens, os pássaros. Tirava fotos do céu e de pessoas absorvidas com o nada. E estava bom assim. Às vezes eu parava num quiosque e pedia uma água de coco, a tarde caía, o vento morno tocava minha pele. Vinha a noite e eu dava uma passada no mercado, escolhia qualquer besteira – salsichas, uma latinha de atum. Voltava para casa, tomava banho, comia, cochilava. Abria os olhos e uma latinha de cerveja e, com a cabeça limpa, copiava de novo o que, mais cedo, eu já tinha passado a limpo.

Logo notei que o entroncamento de vida – o "e se" que faz uma história alternativa rodar – só era meu por tabela. E se meu pai tivesse sido aprovado no concurso do Banco do Brasil? E se ele não se consumisse na ânsia de se tornar alguém importante? Era a história dele, no fim das contas, mas espelhada como minha, a história de quem eu poderia ter sido se ele não tivesse se tornado quem se tornou. Eu andava enfeitiçado por Walser, que lia bastante nessa época: a fixação com o pequeno, os microescritos. Como seria a minha vida se desistir fosse uma possibilidade real? Estava tão enfeitiçado que nem me dei conta da contradição: a de apelar ao mais ambicioso dos gêneros, o romance, nessa minha fantasia de me apequenar.

No Natal, almocei com minha mãe, descobri as fotos. O Ano-Novo passamos com nossos amigos, bebendo todas e cantando num caraoquê improvisado. Tive uma ressaca horrenda, me hidratei e, enquanto tentava me recompor, pensei que uma pausa, uma parada de dois ou três dias – na escrita, no desejo – não poderia me fazer nenhum mal.

A pausa teria a duração de uma leitura. Escolhi o romance de uma escritora inglesa que todo mundo estava comentando, e que comprei da última vez em que estive numa livraria (mas isso eu não tinha como saber na época). Já nas primeiras páginas me interessei pelo modo insólito como alguns estranhos se aproximavam da narradora e, do nada, começam a falar dos seus divórcios, filhos-problema, vizinhos barulhentos. Tive a impressão de que as pessoas que cruzavam o caminho dela viviam um momento agudo, a maior crise da vida – era como se o mundo inteiro estivesse atravessando uma era do impasse.

Fiquei radiante e abatido. Radiante como leitor. Abatido pelo que restava de pé – nada – do esboço em que vinha trabalhando, o "meu romance". Quando se confunde com delírio de grandeza, o romance é uma peçonha. Depois da décima quinta cerveja, o meu amigo, aquele que sempre me pergunta pelo tio, costuma vaticinar:

"É pelos canapés, Charbel. Só por isso as pessoas escrevem."

Naqueles dias, um amigo astrólogo escreveu no seu blog sobre uma conjunção maligna que vinha assustando muita gente: o encontro de Saturno com Plutão. Ia ser um ano complicado. Não seria o dilúvio, uma hecatombe atômica, nada disso. Mas cada um teria a sua versão particular do fim do mundo – um apocalipse diferente para cada humano sobre a Terra. Às 2h53 da madrugada de 4 de janeiro anotei o seguinte no meu diário:

> O encontro de Plutão com Saturno vai ser como um filme dos anos 1980 – um filme a que não assisti. Uma mensagem em letras garrafais para cada um. Minha mensagem só pode ser esta: ESQUEÇA O ROMANCE.

Fechei o caderno, tomei o indutor de sono, acordei assustado, sonhei. Mas antes de sonhar pinguei cinco gotinhas de ansiolítico no copo ao lado da cama. Ieda me abraçou no sono profundo e, à medida que o remédio fazia efeito, perguntei a mim mesmo (ou a uma força superior, é difícil admitir) como eu ocuparia meus dias agora que não tinha o que escrever. Pedi uma mensagem em letras garrafais, que viesse na forma de sonho. Às 11h45 da manhã escrevi:

> Sonhei que tínhamos um cão preto, um labrador. O cão está doente, cheio de vermes, e a veterinária quer que ele se isole do mundo. A veterinária é alta, esguia, rosto anguloso, cabelos longos. Um rosto familiar (penso na Lydia Davis jovem, mas não é ela, pode ser alguém fingindo que é ela, mas não tenho certeza). Passa um tempo (semanas? meses?) e somos autorizados (por quem?) a visitar o cachorro. É a sala sem móveis do apartamento da Morais e Silva. O cão está deitado no piso de tacos, a respiração ofegante. Em todo esse tempo, só o que produziu foi um cocozinho de nada, uma bolinha gosmenta. Noto um pontinho se mexendo na gosma, um verme. Bom sinal. A sala está

cheia desses montinhos, um deles tem a consistência, a cor e o formato de um pudim. O pudim se debate, dá pequenos saltos, se arrasta pelo chão. É uma cena grotesca, mas acho graça. É como se eu fosse um observador externo, o espectador da comédia de mim mesmo. Sinto a presença de alguém (dentro ou fora do sonho?) e digo a essa pessoa que se o pudim não se acalmar vou ter de esmagá-lo com a vassoura. A Coisa me escuta, olha para mim, se revolta, pula em cima da minha mesa de trabalho e começa a se arrastar sobre os meus papéis e mancha com sua gosma os meus livros e cadernos e também todas as fotos. Pego a vassoura, a Coisa me encara e começa a grunhir numa voz cavernosa. Sinto medo. Grito por socorro e a veterinária aparece para me ajudar. Me olha nos olhos e pergunta secamente: "Quem é você? E o que você quer?".

Abro os olhos e – sonolento, quase dormindo – tomo nota do sonho. Mais tarde, naquele dia, encho a cara pela segunda vez num ano que mal tinha começado. Era aniversário de uma amiga, ela escolheu comemorar nas ruínas de uma antiga fábrica de chocolate, no bairro Saúde (achei curioso que a fábrica fosse de chocolate no mesmo dia em que sonhei com merda). No fim de semana funcionam ali umas tendas, lojinhas e ateliês – uma atmosfera hipster que em geral me desagrada, mas dessa vez não foi o que aconteceu. Me encantei com as carcaças das máquinas, com os galpões vazios. Tirei fotos, começou a chover. Procuramos um bar vazio e depois viemos aqui para casa, dez pessoas. Pedimos pizza, misturamos tequila, cerveja e vinho, apaguei

no sofá. Acordo com uma ressaca medonha, implorando para pegar no sono outra vez e para que me venha um novo sonho. Nada. Talvez por não sentir forças para fazer outra coisa, esboço no diário uma interpretação, ao modo psicanálise selvagem, do sonho que tive na véspera:

> Acho que sou o cão. É na minha casa arquetípica, a da infância, que ele se isola do mundo e convalesce. A merda é a literatura. Não a literatura em geral, mas a que escrevo – a minha merda. O pudim é a Coisa, aquilo que impede os vermes (não seriam larvas?) de se desenvolverem. A Coisa devora as larvas e corrompe meus papéis, minhas leituras, as fotos na mesa. Tem um ideal de mim mesmo no pudim escroto. O pudim só pode ser o "meu romance". Mais que isso. É o romance como forma narrativa: uma guloseima gulosa que engole o que está na frente, a forma disforme. Já o verme é o ensaio: ele é o que é, não se pavoneia, é a sementinha do real que precisa ser regada.

Consulto o I Ching, o site de astrologia. Não vou dar conta de um verão sem escrever, sei disso. Tento me lembrar de textos velhos, coisas que abandonei. Resolvo desenterrar o conto do tio.

"Dá uma engordada nele e faz uma novelinha, Charbel."

Agora eu tinha as fotos, os papéis. Assim que bati os olhos na caixa amarela, tive certeza de que escreveria alguma coisa a partir daquele material. Só não sabia o quê. As fotos, principalmente, me pareciam valiosas, mas será que elas teriam valor para mais alguém além de mim? Isso eu não tinha como saber, ainda não tenho. Só havia um jeito de descobrir.

Foram dois meses no quartinho que fiz de escritório – as fotos e os papéis sobre a mesa, o ar-condicionado sempre no máximo. Às vezes íamos encontrar nossos amigos nos bares de sempre, e nessas horas eu me sentia como Er, o personagem de Platão, voltando a circular entre os vivos depois de uma temporada no Hades. O clima estava pesado, o mal-estar contaminava as conversas, os temores de 2018 se tornavam cada vez mais concretos: ameaças, intimidação, brutalidade. Melhor viver dentro de um livro, eu pensava.

Veio o Carnaval, esqueci de mim mesmo e do mundo que derretia lá fora. Sexta foi a festa de um amigo, ficamos inebriados com a mistura de celebração de aniversário e desvario carnavalesco. Sábado eu não era ninguém. Impossível escrever, impossível fazer qualquer coisa, nem para tomar cerveja morna no bloco da esquina eu prestava. Passei o dia olhando as fotos e tomando notas do que via. De noite assisti aos desfiles das escolas de samba na tevê.

nada. Tomava uma cerveja no quiosque, e via
e caia e seguia apreciando sua luminosidade mesmo
se ... Passava no mercado, comprava alguma coisa, mas
sem amigos, sem nada, e que voltava
aos trinta e poucos anos para o apartamento onde vivera a infância. Eu
realmente acreditava que o "meu romance" estava ficando bom, que tinha
no meu caderno tanto — sempre esse
afrão — trinta ou quarenta pagin-
muito promissora. Lembro de cantar
de ficar completamente eufórico de
mim mesmo,
ibaca e de oferecer a minha patética
performance de cantor, ao berrar, My
way, lembro de pensar que dava
ser um ano bom, eu tinha acabado
de me mudar para a casa da mulher
que eu amava e os primeiros meses
enfim, uma ideia que me parecia boa
para voltar à escrever depois de três
anos, estava com meu amigo e bebi
"meu romance" de lado — para os refle-
amos e conversamos e celebrávamos, a
vida. Lembro de ter esse pensamento
ando, de mim mesmo. Fiz bem em deixar
nada.

Quando descobri a caixa amarela, custei a reparar nas fotos do meu tio. Elas estavam enroladas num saquinho, embaixo de todas as outras, meio que escondidas. Essa arrumação replicava a lógica de sempre da divisão do espaço da casa: o que cabia a Ricardo era a parte dos fundos, os cantinhos escondidos, fora da vista de todo mundo. Depois de revirar a caixa e espiar as fotos dele, me esqueci de todas as outras.

Isso quer dizer que, até aquele sábado de Carnaval, eu não tinha olhado com calma as fotos da minha avó. Não me interessaram. Achei posadas, banais, um repertório limitado de gestos – sempre os mesmos abraços forçados, os sorrisos duros, a singeleza estudada no rosto das meninas. Mas dessa vez fui fisgado pela visão da jovem que minha avó foi um dia. Me interessei especialmente pelo mosaico que alguém (ela?) arrancou de um álbum de folhas cartonadas: ela sensualizando com uma bola de couro, ela sentada num deck com as pernas balançando, ela de óculos escuros se escorando num homem de bigodinho com pinta de figurante de chanchada da Atlântida. Deve ser meu avô. Quase não falavam dele lá em casa – só que tinha espalhado um monte de filhos pelo mundo e ainda zanzava como um morto-vivo pelas ruas do Catete.

"Aquilo ali era o capeta."

Fico pensando se às vezes minha avó abria a caixa amarela e passava os dedos pelas fotos de textura rugosa, se os retratos reavivavam nela algo que a doença não tinha cimentado completamente, "quem é o homem de bigodinho? Tem pinta de convencido, mas é um pão… E essa pequena agarrada numa bola? Que atirada! E exibida… Lembra uma vedete do Teatro de Revista. E esse menininho, como é o nome dele? Esse de camiseta branca e shortinho apertado, franzindo o cenho, o sol batendo no rosto.

Que menininho mais triste! É o Felipe, não é? Só pode ser ele...".

Enquanto vejo os desfiles pela tevê, penso na minha avó e nas suas fotos. Ela gostava de tagarelar sobre os Carnavais do seu tempo, o esplendor dos concursos de luxo, o fuzuê dos blocos e cordões, as promoções de lantejoulas nas lojinhas do Saara. Me levava para as matinês do Club Municipal, no Largo da Segunda-Feira, e eu detestava aquilo, o confete e a serpentina, as marchinhas, a algazarra. Tem uma foto (não sei o que foi feito dela) em que estou fantasiado de pirata, aos prantos. Quando se deu conta de que eu era o menininho mais infeliz das matinês, a minha avó se conformou em varar as madrugadas me fazendo companhia na frente da televisão, vendo as escolas de samba. Preparava sanduíches, comprava sorvete e amendoim, dava seus pitacos:

"Não gosto da Mangueira. Verde com rosa não combina."

Ela não queria saber do Carnaval na tevê, dava sono. Na segunda escola já roncava alto. Eu cutucava minha avó e dizia que estava com fome, depois pedia a ela que falasse das algazarras do seu tempo. As fotos revelam uma foliona dedicada: foi egípcia num cordão de rua, cortesã num bloco da Praça XV, havaiana improvisada na matinê do Democráticos, cangaceira arrumadinha e odalisca provocante nos bailes de salão. Ela me contava das folias, eu revivia na mente os Carnavais que não vi. Mas me escapava o sentido de se fantasiar se não valia pontos, se não era para definir a campeã de um torneio. Isso me intrigava, fugia à minha compreensão. O que eu não podia entender, não com nove anos, era que minha avó se fantasiava porque estava farta de ser ela mesma, ou talvez não estivesse farta mas preferisse ser outra, uma versão luxuriante e livre de si, que se vestia de odalisca porque o mundo faz mais sentido de cabeça para baixo, e sem um pouco de ficção não dá para viver, que deixava

a barriguinha de fora porque ser um corpo bastava, estava bom assim, ela não precisava de mais que isso.

Olho mais uma vez para a foto da minha avó num baile de Carnaval. No segundo plano, ofuscado pela barriguinha da odalisca e pelos dentes muito brancos do homem de bigodinho, identifico um rosto que conheço bem. É meu tio: queixo quadrado, orelhas de abano, sobrancelhas hirsutas, lábios grossos. Parece que tem uma auréola sobre a cabeça, acho graça do efeito especial involuntário (é um chapeuzinho de marinheiro). Sua boca está escancarada, como se cantasse aos berros a marchinha mais tocada no ano. E canta:

Sa-sassaricando
Todo mundo leva a vida no arame
Sa-sassaricando
O brotinho, a viúva e a madame
O velho na porta da Colombo
É um assombro!
Sassaricando

Escrevendo sobre o verão de 2020 e os Carnavais de outros tempos, sinto como se aquele fosse outro mundo, não este de agora. As férias se aproximavam do fim, passei a dividir os dias entre o manuscrito e a preparação dos cursos que daria no primeiro semestre. A escrita ficou espaçada. Acho difícil mudar o registro, escrever de dia e, de noite, ler teses e preparar aula. Para mim a escrita só funciona em "modo imersivo" – mas acho que esses pequenos entraves na vida de um autor domingueiro não interessam a ninguém. Fui perdendo a mão do livro, perdi a mão de mim mesmo.

Lendo o meu diário, tenho a impressão de que tudo aconteceu de uma hora para a outra. Em 9 de março de 2020, anotei:

> acordo cedo, cedo para meus padrões, me ajeito para escrever e descubro que não posso: o andaime da pintura bloqueia a janela, faz sombra.

No dia 10 de março, uma terça:

> o mundo está derretendo

Derretia por várias razões: disputas entre Rússia e Arábia Saudita, dólar a cinco reais, reforma da previdência (quem escreve sobre reforma da previdência no próprio diário?). Naquela semana eu estava lendo o diário do John Cheever, que acabou largado em cima da mesa de cabeceira, o marcador num dia qualquer de 1963. De noite ainda me ocupei dos meus projetos:

> Os dias de Cheever me ajudam a compreender certos impasses que talvez fossem os do meu tio – ou é a impressão que tenho. O silêncio em torno da sexualidade dele, por exemplo. Todo mundo sabia, meu tio sabia que todo mundo sabia, e mesmo assim ninguém tocava no assunto, ninguém dizia – até hoje não disseram – com todas as letras. Ainda não cheguei nas fotos e no estalo que tive quando bati os olhos nelas. E amanhã já dou a primeira aula, quinta uma reunião, sexta uma banca.

No dia 11 de março, acordo triste. Releio a *A câmara clara*, do Roland Barthes, para a aula da tarde, e transcrevo um parágrafo:

> "Sozinho no apartamento em que ela há pouco tinha morrido eu ia assim olhando sob a lâmpada, uma a uma, essas fotos de minha mãe, pouco a pouco remontando com ela o tempo, procurando a verdade da face que eu tinha amado. E a descobri."

No dia 12 de março anoto o seguinte:

> alguém espirra no metrô, olhares de reprovação. No WhatsApp não há outro assunto. Gastei cem reais em remédio para calvície.

Na sexta-feira, 13 de março:

> Aulas suspensas. Aproveitar o recesso de quinze dias e mergulhar no livrinho. Escanear as fotos e escrever sobre elas. Transcrever o manuscrito.

Transcrevi. Mas não escaneei as fotos, não escrevi sobre elas. Não queria me levantar da cama. O livro era sobre meu tio, era sobre mim mesmo – e nada disso tinha a menor importância agora. Em 22 de março minha avó me apareceu num sonho:

> Sonhei com minha avó. No sonho a gente jogava buraco como nos velhos tempos, e ela me contava como era a vida onde está agora. Digo que por aqui as coisas não

andam nada fáceis, todo mundo está com muito medo. Ela balança a cabeça, não faz a menor ideia do que estou falando. Muda a cena e ela comenta do meu tio, como se respondesse a uma pergunta que não cheguei a formular, mas ela sabe que penso em fazer. Minha avó me conta que, na época da foto – a foto que ela me deu de presente quando começou a ficar esquecida das coisas –, meu tio morava com uma travesti. Todo mundo sabia disso, era o único assunto na rua. Quando meu tio ficou doente, ela não foi visitá-lo no hospital, mas no enterro ela estava lá. Você não se lembra disso? Tudo é meio vaporoso, borrado, como se a vida tivesse se transformado de um dia para o outro num sonho míope.

Mais tarde, suponho que de madrugada, anotei no diário que o livro sobre o tio teria de ficar para depois. Depois quando? Quando isso iria acabar se mal tinha começado? Acho que nesse dia mergulhei de cabeça na espera. Se bem que não foi uma escolha.

Tem uma cena que não anotei no diário – não encontrei nenhum registro dela ontem de noite, enquanto lia as entradas do ano de 2020, da primeira à última. Mas tenho a imagem bem clara na mente. Aconteceu nas primeiras semanas, sei disso porque estou sem máscara e não tem ninguém usando uma perto de mim. Caminho pela São Clemente segurando uma sacola de supermercado em cada mão. As sacolas estão pesadas, eu estou pesado. Quero chegar em casa o mais rápido que puder, me concentro, evito encarar as pessoas ou respirar perto delas. Atravesso a Martins Ferreira, olho para o outro lado da calçada e reparo na fachada imponente de um casarão de meados do século passado. O portão de grades altas está trancado, a rua está vazia, o letreiro me parece chamativo: CONSULADO GERAL DE PORTUGAL, leio, como se fosse uma mensagem em letras garrafais escrita só para mim. Até umas semanas antes eu evitava o casarão, ao mesmo tempo que fantasiava com o dia em que entraria nele com uma pasta de elástico debaixo do braço e pediria a reabertura do processo que me salvaria. Aquilo parecia distante. Não existe lugar seguro no mundo, foi o que pensei, ou devo ter pensado, talvez não tenha pensado ali enquanto segurava as sacolas pesadas e sentia medo, mas penso agora. Fugir não era uma possibilidade. Já não havia para onde fugir.

Hoje é 25 de setembro de 2021. Quando penso no tempo da espera, tudo me parece um bloco indistinto, uma maçaroca de dias. Mas sinto que o relógio voltou a girar, mesmo que as engrenagens estejam enferrujadas e ele engasgue, faça uns barulhos esquisitos. Preciso me reacostumar aos meus desejos – me forçar a ter algum tipo de desejo.

Ontem fomos jantar com um casal de amigos. Há mais de um ano não encontrávamos com eles. Só o que fazemos, dia após dia, é ficar onde estamos, cuidando das nossas coisas, dando aula pelo computador, participando de reuniões no computador, vivendo dentro de um computador. Depois não consigo fazer mais nada. Por exemplo, editar o material que transcrevi em março do ano passado, escanear as fotos, tomar notas. Mas alguma hora vou fazer. O relógio voltou a girar.

A primeira coisa que os dois perceberam foi que eu estava bronzeado. Perguntaram se tenho ido à praia, se viajamos. Explico que há um ano e meio pego sol na varanda todo dia, sempre que dá, quando o sol aparece. Virou um ritual, é a primeira coisa que faço depois que tomo o café.

Na entrada de 23 de março de 2020, um dia depois de sonhar com minha avó, escrevi no diário sobre o meu novo hábito:

> tomar sol na varanda produz um efeito benéfico, quase imediato, contra a prostração. É um bom motivo, talvez o único, para levantar da cama.

No dia 24 de março:

> Lendo na varanda, sentado numa cadeira de praia que mal aguenta o meu peso. Às vezes deixo o livro de lado e me estico todo, os olhos fechados. Hoje me veio a imagem do meu tio tomando sol de manhãzinha. Era o que tornava os seus dias muito longos um pouco mais toleráveis.

No dia 25 de março de 2020 anotei o seguinte:

> Penso num título para o livrinho, se é que um dia vou ter forças de voltar a ele. Vai se chamar "Saia da frente do meu sol".

Enquanto transcrevia o sonho do pudim – não sei se do diário para o caderno de manuscritos ou do caderno para o computador –, pensei numa interpretação alternativa para ele, que não anula a primeira mas talvez a complemente. E se o labrador não for eu? E se o cão for o meu tio, tentando me alertar para alguma coisa que estava por vir, dizendo que em algumas semanas eu e o mundo inteiro nos tornaríamos os inquilinos no quartinho de fundos das nossas próprias vidas?

As fotografias no armário

Abro a gaveta, pego a caixa amarela. *Cartona* está escrito em laranja: devia ser o estojo de um álbum que foi parar no lixo. A lógica da caixa de fotos é diferente, quase oposta à do álbum. Álbum é arrumação, sequência. Caixa é anarquia. Quando folheio um livro de fotografias ou passo os dedos pelas páginas muito duras, plastificadas com os retratos de alguém, quase me esqueço de que tudo ali é montagem, fragmento de uma história maior – o breve capítulo de um inesgotável romance familiar.

Penso, por exemplo, na página que minha avó arrancou do Cartona. Nela, o homem de bigodinho vai espreitar a moça da bola de couro até o fim dos dias – a foto presa com cola pode até esconder segredos, dedicatórias que se revelam na hora que um bisbilhoteiro arranca os retratinhos 3 x 4 com uma espátula. É claro que as imagens avulsas também borbulham de histórias, mas tem uma diferença aí: essas histórias começam e terminam diante dos meus olhos. Até dariam uns relatos cortantes sobre as noites de domingo nos subúrbios, mas eu teria de ser outra pessoa, um outro escritor, para pôr tudo isso no papel – para bolar um conto para cada uma dessas fotos.

No começo do ano passado – sempre de noite, depois de trabalhar no livrinho –, passei a ler alguns ensaios sobre fotografia. Queria que as leituras afiassem minha visão, me

ensinassem a olhar para as fotos que encontrei. Num desses textos, Geoff Dyer faz o elogio das pilhas de fotografias. Ele propõe uma imagem que acho boa. Gosto tanto que copio aqui: "Alguém remexe na caixa. Pega uma fotografia, depois outra, e a maneira como elas se combinam o faz ver cada uma de modo diferente". Identifico aí um procedimento exploratório, um modo justo de percorrer a caixa amarela: embaralhar as fotos, pinçar uma ao acaso, me perguntar o que vejo.

Alguém remexe na caixa, encontra um saco plástico, espalha as fotografias sobre a mesa. Esse alguém se pergunta o que vê quando fita o conjunto, mosaico aleatório. O que vê é uma pessoa que preferia as ruas sem movimento, as praias distantes, os times pequenos, as festas no quintal do vizinho, as cervejas sem rótulo, os cigarros falsificados.

Não há fotos coloridas no acervo do meu tio, o que me lembra uma frase do Walker Evans citada por Dyer: "a cor tende a corromper a fotografia" (ele também disse que "a fotografia colorida é vulgar"). Certa vez, nos anos 1940, Evans fotografou o quartinho de John Cheever, um cubículo escuro e de paredes estreitas, pé-direito baixo, cortinas tortas, cama de metal (vejo uma versão remota do quartinho do tio Ricardo ali). Cheever escrevia, comia, dormia, fazia tudo naquela cama. É uma foto lúgubre, linda. Se fosse em cores, o cubículo apenas se pareceria com o que é: uma cela decrépita. Em preto e banco, ainda é uma cela decrépita, mas é outra coisa também: uma paisagem moral.

É claro que a fotografia em cores não é intrinsecamente vulgar – Evans comprou uma Polaroid e jamais se desfez do seu novo brinquedo. O que sei é que as fotos coloridas não me fascinam tanto. Acho que é porque já nasci num mundo saturado de cores, mas que eram capturadas como imagens pálidas, foscas, nuns tons que não lembravam em nada a realidade. Era como se a realidade perdesse substância, como se fosse a realidade menos algo, a realidade subtraída de uma lasquinha de vida.

As fotos em preto e branco têm um modo menos naturalista de traduzir a existência em imagem. Nelas, os gestos prontos, típicos, socialmente construídos, circulam com mais leveza: é como se a linguagem corporal não parasse de interrogar o meio, como se as pessoas tivessem total consciência de que a foto não é uma reprodução exata do mundo – afinal, vivemos em cores. A redução das possibilidades da vida a três, o preto, o branco e o cinza, acaba realçando o artifício. Já que é tudo ficção, vou vestir as minhas melhores roupas, exagero nos gestos, poso sem culpa. Tem uma foto que adoro entre as do meu tio, e o que gosto nela é justamente a encenação. Me interessa, ali, que as pessoas não reivindiquem espontaneidade, mesmo que estejam na praia, entre amigos. Não consigo imaginar essa foto colorida. Esses gestos já não são nossos, não cabem num mundo saturado de cores.

O que vejo na foto quando olho para ela?

Vejo uma praia de areia muito clara. Vejo nuvens carregadas e a promessa de um aguaceiro no fim da tarde.

Vejo uma barraca estampada que lembra as tendas dos filmes dos anos 1950 – tendas de índios, de colonos, de aventureiros. Uma tenda que é um antídoto contra o tédio.

Vejo um sujeito de boina, com o cenho franzido. Algo nele me lembra o Popeye: o jeitão de grumete, a boca torta, os olhinhos miúdos, o ar de tédio de quem rodou meio mundo e nada o surpreende.

Vejo outro homem com chapéu de marinheiro, chapéu de oficial, o peito estufado, como faria o comandante do navio num dia de folga.

Vejo um menininho segurando um cajado, numa pose bíblica.

Vejo um homem e uma mulher encarando a câmera sem fingir, querendo ser eles mesmos. A camisa de mangas compridas para dentro do short curto me faz pensar que o homem estava num safári.

Vejo uma churrasqueira de metal. Mais tarde, talvez eles assem ali as carnes dos animais que o homem de bermuda cáqui trouxe da selva.

Vejo um prédio em construção. Vejo montanhas, num desenho que me parece familiar. Vejo a Barra da Tijuca ou o Recreio desabitados.

Vejo meu tio de bruços, apoiado sobre os cotovelos, pegando um bronze, cigarrinho colado nos dedos, a ponto de dizer alguma coisa:

"Qual é, Banguense, vai ficar aí fazendo sombra?"

"Eu decidi que a visão disso vale ser registrada." Encontro a frase de John Berger num caderninho de notas, não me lembrava dela. Me parece uma definição perfeita da fotografia. Não do que a fotografia é, mas do que move as pessoas a tirar fotos e a guardá-las com carinho.

É claro que nas fotos do meu tio a escolha do que "vale a pena ser registrado" só é dele de forma tangencial – ele não é o fotógrafo, mas sempre contribui ativamente para o momento fotográfico, com algum gesto inesperado e a presença de espírito que se irradia pela cena.

"Pede pro seu tio mostrar a foto do poste, ele pendurado de lado."

A foto era parte da história oral da família, mesmo assim não está no acervo, sumiu. Só ouvi falar e fantasiei com ela, meu tio quase o Gene Kelly em *Cantando na chuva*. Havia essa percepção em relação a ele, de que era fotogênico e posava melhor do que ninguém.

"Tinha aquela pinta de galã canastrão."

Nas fotos que meu tio escolheu guardar, a decisão do que vale a pena ser registrado sempre tem a ver com o convívio, com a alegria de estar junto. A única paisagem que interessa ali é a humana.

A foto tinha tudo para ser banal, mas me diverte. O que vejo?

Vejo uma celebração de fim de ano na firma de contabilidade.

Vejo um homem de terno e gravata que acho parecido com o John Kennedy – ele não se aguenta de tanto aborrecimento, daria tudo para não estar ali.

Vejo um homem sério esticando o pescoço para esconder a papada, deve achar que é o seu melhor ângulo. Se não é o mais velho, é o mais acabado de todos: a cara inchada, as olheiras fundas. As pessoas se acabavam rápido naquela época (quando?).

Vejo meu tio no instante exato em que faz todo mundo rir – só o homem sério não acha graça. Vejo Ricardo fazendo troça de alguém.

Vejo que as mulheres aparecem cortadas. Uma é quase só testa, outra é bloqueada por um homem de bigodinho,

a terceira está atrás do meu tio, rindo com ele. É como se, nessa foto, nas fotos dele, as mulheres não passassem de figurantes.

Vejo o homem sério segurando algo no colo. Só notei agora. Pode ser uma trouxa de roupas, uma sacola de supermercado. Se bem que não. Tem penugem, tem cabeça, é um bebê. Um bebê muda tudo aqui.

Em *A câmara clara*, Roland Barthes menciona uma "coisa um pouco terrível" que, segundo ele, "há em toda fotografia: o retorno do morto". É o fantasma que existe em todos os retratos, o *Spectrum*.

Quando passo os olhos pelos retratos do meu tio, não sinto em nenhum momento essa presença espectral, o retorno do morto.

"Esse negócio de fantasma não existe, Banguense."

O morto conheci bem, foi só quem conheci nos anos em que meu tio morou lá em casa. O que vejo nas fotos não é o retorno do morto, mas o *retorno do vivo*. Alguém que dá boas e sonoras gargalhadas, se diverte, faz os outros rirem, canta aos berros num baile de Carnaval, está sempre a ponto de começar um incêndio. Essa pessoa não está morta.

É uma festa caipira num quintal do subúrbio. O que vejo aqui?

Vejo todo mundo paramentado: chapéus de palha, homens de camisa branca, mulheres com vestidos bordados e estampas coloridas.

Vejo uma noiva jovenzinha segurando um buquê e fazendo pose de "santinha".

Vejo panos de prato num varal que me lembram os que minha tia-avó bordava com muito capricho.

Vejo uma mulher de óculos escuros em plena noite – possivelmente buscando um efeito cômico.

Vejo um garoto, no canto esquerdo da foto, que tenta fazer pose de galã, mas só consegue distorcer o próprio rosto numa careta.

Vejo meu tio no centro da foto, capturando os olhares, não de quem está posando, mas de quem vê tudo de fora. Ele faz cócegas no queixo da noiva com a ponta do indicador, manda um beijinho para ela e um recado para a posteridade:

"Bilu-bilu, teteia."

Para John Berger, "o verdadeiro conteúdo de uma fotografia é invisível, por derivar de um jogo, não com a forma, mas com o tempo". Quando passo muitos segundos olhando para uma foto, quando algo nela me prende por mais que um relance, é comum que eu me esforce para preencher o entorno, o antes e o depois do instante decalcado. "Uma fotografia, ao registrar o que foi visto, sempre e por sua própria natureza se refere ao que não é visto. Ela isola, preserva, apresenta um momento tirado de um *continuum*."

A maior foto (23 x 17 cm) do acervo do meu tio é a cena de uma celebração num bar ou no quintal de alguém. São nove homens, e em cada uma das fisionomias enxergo algo se derramando para fora da imagem.

O que vejo quando olho para essa foto?

Vejo as paredes manchadas pela umidade e o chão nu, só cimento. Vejo um toldo rasgado, desbotado, quase se

desfazendo. Vejo as mesas cobertas com toalhas de plástico. Vejo garrafas de cerveja e de refrigerantes, copos cheios ou pela metade, pratos vazios.

Vejo um garoto magricela, de pé, pulôver jogado sobre os ombros e uma garrafa de Coca-Cola na mão. Ele toca com gosto as costas do atleta ruivo (imagino que é um atleta pelo porte e pelo escudo bordado na camisa). Naquela manhã, o atleta quebrou um recorde de bairro na modalidade que pratica (remo?) e agora quer farrear com os amigos. Seus braços estão abertos, como se quisesse envolver o mundo inteiro num abraço, e isso é o que me faz pensar que é por ele que os outros estão ali.

À esquerda do atleta, noto um homem de fisionomia fechada, bigode fininho, maçãs do rosto salientes,

o terno um pouco largo, a calça pescando siri – mas até que, no cômputo geral, ele não faz má figura. De dia é escrevente substituto num tabelionato no Campo de Santana, de noite é *crooner* de boleros numa gafieira da Praça Tiradentes.

    À direita do atleta, noto um homem de ombros estreitos e cabeça pesada, olhos vidrados, aspecto lombrosiano. É um sobrinho distante de Kafka, foragido depois de assaltar uma carroça de repolho na Galícia. Tem as mãos largas de um boxeador, e elas se fecham debaixo da mesa, armando um soco fatal.

    Vejo um rapazola vesgo com um esparadrapo descomunal cobrindo o supercílio esquerdo, parece que foi do hospital direto para a festa. Seu terno é dois números

111

maior, os sapatos pedem uma mãozinha de graxa. Vejo aqui algo que li em John Berger: "os ternos, longe de disfarçar a classe social de quem os veste, a sublinham e enfatizam".

Vejo um homem de topete, compenetrado, apertando os olhos como se estivesse a ponto de psicografar uma carta.

Vejo meu tio espremido entre o cantor de boleros e o médium charlatão. Sorri, mas não como se dissesse "xiii-is". É o sorriso de quem se antecipa, prepara uma flechada. Vejo uma tirada certeira brotando na sua cabeça, o gracejo que vai mudar o rumo dessa foto sisuda.

O que me interessa nessas fotos? Me interessa que tenham sido dele. Que tenham passado tantos anos num armário, sob os cuidados de uma pessoa completamente fora do ar, que quase já não pertencia a este mundo: minha avó. Me interessa que ainda existam. Me interessam o modo e o grau como me tocam. Mas não só. Quero escrever o afeto, mas também quero ir a outro lugar. Acessar uma região, por menor que seja, que não diga respeito a mim, mas a ele, a quem ele foi.

"Não sei como, do interior, agir sobre minha pele", Barthes escreveu sobre o incômodo de ser fotografado. Acho que para meu tio não havia nenhum incômodo. Era vaidoso, devia ser, e é provável que mostrasse as fotos a quem pedia, a quem se interessasse em dar uma espiada nelas. Me impressiona a sua expressividade, o controle total sobre os gestos, a consciência de que faz ficção com o próprio corpo, o prazer de atuar. É como se ele e a câmera tivessem ensaiado antes, deixado tudo acertado para a hora do clique.

Tem uma foto em que meu tio está vestido de índio numa praia, mas poderia estar no palco, encenando uma ópera-bufa. O que vejo?

Vejo um desses cocares de cinco tostões da Casa Turuna.

Vejo um homem atlético, bonito, que mais parece um gigante estendido na areia.

Vejo um gigante entregue, rendido a um homem que passa a impressão de ter a metade do seu tamanho, da sua força.

Vejo um homem apalpando outro homem, tocando sua nuca, subindo a mão pelo seu pescoço com firmeza.

Vejo um gigante ficando arrepiado, se acendendo.

Vejo um braço muito branco que é quase uma lança.

Vejo um karaíba baixola que abate o inimigo num golpe certeiro.

Vejo uma cerimônia de devoração canibal.

No Carnaval ele perdia a cabeça e saía por aí. Se embrenhava nas matas e dormia ao relento, de cara para as estrelas, entorpecido com os licores do cauim. Ia à luta, escalpelava outros guerreiros, serrava as suas costelas, se empanturrava de carne humana, bebia no crânio dos mortos. Renascia na quarta-feira, saciado, purificado. Ia para casa e se fechava no quartinho, se lavava, tomava uma aspirina, comia o que a irmã tinha deixado para ele dentro do forno, enrolado num pano de prato que ela mesma bordava. Pongava o bonde, batia ponto na firma.

Em *Epistemology of the closet* [*Epistemologia do armário*], Eve Kosofsky Sedgwick escreve sobre um momento na história da literatura em que a beleza masculina foi bastante realçada. Ela fala de 1891, quando Oscar Wilde publicou *O retrato de Dorian Gray* e Herman Melville terminou *Billy Budd*.

Olhar para a foto que chamei de "devoração canibal" me traz à mente a descrição que Melville faz do "belo marujo": figuras cheias de vigor e graça, "sempre encantadoras quando em másculo amálgama" e plenas de "certo ar de jovialidade despreocupada". Não sei como cheguei à analogia. Deve ser pelas alusões ao universo náutico em tantas dessas fotos: boinas e chapéus, praias, escudos, remadores.

Abro a caixa amarela, procuro a foto do meu tio com o gigante, a foto da "devoração canibal". Quero tirar uma dúvida. Sempre que olho para a foto, o que vejo é uma cena de pura alegria: um dia quente, uma praia despovoada, dois adultos brincando como crianças, rolando na areia. É Carnaval, deve ser: em que outra situação meu tio usaria uma fantasia? A dúvida que tenho é se os dois acabam de pisar na praia, depois de uma noite bem dormida, ou se ainda é ontem e eles passaram a madrugada na esbórnia – num bloco da Lapa ou num baile secreto na Praça Tiradentes – e foram dali direto para a praia, bêbados, ansiosos para estarem sozinhos, longe do mundo. Será que estou enxergando o que não está na imagem? Quando olho para a foto, principalmente quando presto atenção no rosto do gigante, tenho certeza de que vejo entrega, excitação, uma resposta imediata ao toque firme da mão do meu tio. Já quando me lembro da foto e reconstruo a cena na minha mente, identifico certo incômodo estampado no rosto do gigante. Se olho, é prazer. Se penso, é incômodo. Me empenho para enxergar algo mais, para perceber algo que talvez se insinue entre uma coisa e outra, entre o prazer e o incômodo. Seria uma descarga elétrica que percorre a espinha do gigante, eriça seus pelos

e sobe até a nuca? Ou apenas a resposta mecânica ao sol tocando seu rosto, o que faz com que ele aperte os olhos e contraia os músculos do corpo inteiro? É possível que o incômodo esteja em mim. Quando olho para a foto, me deixo levar pelo que vejo. Quando me esforço para reconstruir mentalmente a cena, colo nela uma camada de sentido — que tem a ver, creio, com o modo como recebo o toque do meu tio e como sou afetado pela beleza desses corpos. São atos reflexos, reações impensadas: um condicionamento que se enraizou fundo, certo pudor que, mesmo rechaçado, acaba vindo à tona, miseravelmente.

Alguém remexe na caixa, descobre um saco plástico dentro de outro saco plástico — cheio de fotos miúdas, quase miniaturas — e depois espalha essas fotografias sobre a mesa. O acervo de Ricardo é como uma daquelas bonecas russas: um recipiente dentro de um recipiente dentro de outro recipiente.

Não acho que as seis fotos miúdas foram isoladas apenas porque são pequenas, por serem fáceis de perder. Examino as fotos, fico atento. Fora as proporções diminutas, elas têm mais um ponto em comum. Em linhas gerais, o acervo do meu tio é marcado pela forte presença masculina. Mas, no saquinho menor (o arquivo dentro do arquivo dentro do arquivo), as mulheres simplesmente não estão. Ali são todos homens, e eles confraternizam, se abraçam, se tocam.

Em duas dessas miniaturas meu tio aparece sozinho na praia — só ele e o fotógrafo estão ali, ou pelo menos só os dois compõem a cena, um como presença e o outro como lente. Na primeira foto, meu tio está sem camisa, os olhos

fechados, e quase sinto na minha pele o prazer que ele sente com o sol tocando seu rosto. É como se, mesmo sem ver nada, ele tivesse consciência de que o fotógrafo – que nunca vou saber quem é – crava os olhos nele e percorre sem pressa a superfície do seu corpo bronzeado. Tudo na fisionomia do meu tio é contentamento: a alegria de estar vivo, quase nu, num dia quente, numa praia linda, com o sol batendo na cara, sendo observado por alguém que o deseja e que ele deseja de volta em igual medida.

Dei um título a essa foto: "saia da frente do meu sol". Dei esse título porque ela me faz pensar na frase que Diógenes cínico, o filósofo-cão, teria dado em resposta ao pedido de Alexandre da Macedônia:

"Você foi meu mestre", Alexandre teria dito. "Sempre o tive em alta conta, e por isso gostaria de retribuir de alguma maneira os seus ensinamentos. Basta me dizer o que deseja."

Diógenes teria respondido:

"Não desejo nada de você. Só quero que você não fique aí parado na frente do meu sol, fazendo sombra."

Na outra foto em que aparece sozinho, Ricardo está vestido de modo despojado, camisa branca para dentro da calça escura, sapato transado, as mãos nos bolsos, o sorriso muito largo. Quase escuto alguém dando instruções a ele:

"Vai mais para a esquerda. Quero enquadrar o barquinho, pegar aquela ponte ali atrás. Isso. Agora faz 'xiiiiiiis'."

Em duas dessas fotos em miniatura – que estavam no saquinho dentro de outro saquinho maior –, meu tio está acompanhado por um homem de topete que pode ou não ser o gigante da cerimônia de "devoração canibal". Não acho que seja. São fotos mais antigas, possivelmente de meados dos anos 1940: Ricardo deve ter vinte e poucos anos, ou ainda menos que isso. Eles são jovens com os corpos bem torneados pela rotina de exercícios físicos ao ar livre. Imagino os dois como nadadores de improviso que, sempre que faz sol – e faz sol o ano todo no Rio de Janeiro –, se encontram naquela praia pouco frequentada, quase deserta, para fazerem o que têm vontade de fazer quando não estão se acabando no serviço, quando os pais dão uma folga e não exigem deles que deem as caras em almoços enfadonhos ou em visitas a uma tia velha sempre de luto, ou quando não estão se embebedando nos inferninhos da Lapa.

As fotos do saquinho menor têm mais apelo erótico do que as outras, acho que de cara chamaram a minha atenção por esse motivo: talvez seja essa a razão de estarem tão escondidas, de serem quase inacessíveis. Em uma dessas fotos, meu tio e o homem de topete se apoiam um no outro, se enroscam, se roçam: parece que só existe um

único corpo ali, quase não dá para saber qual braço é de quem, a quem pertence essa perna ou aquele ombro. O jovenzinho que meu tio foi um dia apoia o pé na coxa do amigo e, com a mão espalmada, alisa o ombro dele como se já tivesse familiaridade com aquela pele, como se conhecesse os atalhos daquele corpo bem formado. Me pego pensando: o que me garante que eles são amigos, como acabo de escrever? O que nessa imagem pode me assegurar que os dois não se conheceram naquele dia e nunca mais voltariam a se encontrar? A julgar pela foto, nada. Ainda assim especulo, deliro: é o único recurso que me resta para conhecer a pessoa que o meu tio pode ter sido um dia, que eu imagino que ele foi. A impressão que a foto me passa é de que – amigos de longa data ou colegas de agora, amantes de ocasião ou afetos da vida inteira – os dois querem prolongar a cena, se demorar mais um pouco, a panturrilha de Ricardo cada vez mais perto do ombro do homem de topete, o pé afundando na coxa dele, a pélvis tão próxima da sua nuca que é possível que em mais alguns instantes eles se encostem também ali, um segundo depois do clique. Dois corpos sem pelos, corpos lisos de nadadores de mares abertos – prontos para percorrerem longas distâncias, a tarde inteira, quem sabe também na madrugada, porque são jovens, porque se desejam, porque estão longe do olhar vigilante das outras pessoas, porque têm todo o tempo do mundo e não passa pela cabeça deles envelhecer, morrer. "Lúbricos nadadores": é o título que me vem para a fotografia.

O que pode ser mais sigiloso que um saquinho plástico dentro de outro saquinho plástico no fundo de uma caixa escondida debaixo de um edredom na parte mais alta do armário de quem já morreu?

O cantinho mais escondido na casa, os cômodos acanhados, o esqueleto no armário: são algumas definições históricas que Sedgwick inventaria para a palavra closet. Closet, armário, quartinho dos fundos: essa era a geografia reservada a quem, mais que *ter* um segredo, *era* um segredo. Acho que meu tio acabou se conformando com essa disposição do espaço físico: havia algo de monástico, certa resignação no modo como ele ocupava o seu cubículo. Vai ver ele achava que era assim que as coisas sempre tinham funcionado, era como o mundo girava, estava longe do ideal, mas era o que tinha para hoje, fazer o quê?

"Ô Banguense, tive de aprender a jogar o jogo."

O segredo como um segredo sexual, leio em Sedgwick: era algo que Freud sabia, a rainha Vitória sabia, minha bisavó sabia. Nunca perguntei se meu tio era bi, se era gay. Sem que ninguém tenha me instruído a esse respeito, reproduzi docilmente a política do *don't ask, don't tell*. Não tive essa percepção desde sempre, mas alguma hora me dei conta, não sei quando. Apenas juntei as peças do quebra-cabeça que minha família deixava largadas em cima da mesa.

"Seu tio era um homem de vícios."

"Tinha um ou outro desvio, mas não era má pessoa."

"Se amigou dos cantores da época."

"Até que não dava pinta."

Por outro lado, fico pensando como seria se eu tivesse sido outra pessoa aos vinte anos. Se em vez de me limitar a dar um oi e ver um pedacinho do jogo de domingo eu tivesse, em algum momento, conversado com ele. Como seria se fosse possível, naqueles dias, falar abertamente – e não aos sussurros – sobre essas questões mais íntimas? Acho que ele se irritaria com a pergunta. Não por minha curiosidade, que, suponho, seria bem-vinda, mas pelas opções escassas que eu acabaria dando a ele: marcar um X e assinalar uma orientação quando nada era excludente, não havia o que escolher.

"Que papo torto, Banguense. As pessoas são o que elas são."

A segunda foto em que meu tio e o homem de topete aparecem juntos foi tirada no mesmo dia da primeira. Eles contraem os bíceps e outros músculos de que não sei o nome: dá para ver, até com mais clareza do que na outra

imagem, que são corpos de atletas. Se bem que eles encolhem a barriga, estufam o peito, querem passar por fortes: é tudo pose. Quem tirou essa foto? Pensar numa terceira pessoa talvez me traga um problema, aqui. Se são amantes, são amantes vistos pelos olhos de alguém, um intruso – ou alguém muito próximo deles, mas que nunca dá as caras, quase como se fosse o narrador onisciente de um romance realista. Esse narrador está com os dois nas praias desertas, percorre as mesmas trilhas que eles, estende o saco de dormir na barraca estampada que lembra uma tenda dos filmes dos anos 1950, acampa na orelha do gigante da Gávea, leva na mochila o baralho e a aguardente.

O que importa em relação a essa terceira pessoa é o olhar afiado, e que ela saiba como manejar uma câmera. Minha questão com as fotos do meu tio não passa pelo factual, pela reconstrução do acontecido. Nunca imaginei que isso fosse possível – mesmo quando era possível, quando algumas das pessoas com quem ele conviveu mais de perto ainda estavam vivas (algumas estão: minha mãe, minha prima, algum sobrinho distante e também a Selma, de quem nunca mais tive notícias). Mas o que mais me interessa é o modo como reajo a essas fotos e o que faço com essas reações. As pessoas que vão ler este livro também vão reagir às fotos e, reagindo a elas, talvez construam uma versão particular de Ricardo, quem sabe mais rica do que a minha.

A foto dos "lúbricos nadadores" me dá acesso ao desejo dele. Também dá forma concreta ao seu segredo – o segredo que deu o tom da sua vida, que definiu suas escolhas, que fechou uma infinidade de portas, ao mesmo tempo que abriu muitas outras. Já na foto "posando de forte" o que me vem é algo diferente. A foto me conduz diretamente ao homem do quartinho dos fundos e me faz especular sobre o que poderia passar na cabeça do meu tio quando ele pegava o saquinho plástico de manhã cedinho e observava as imagens da pessoa que ele tinha sido em algum momento da vida, já distante.

O que será que ele via quando olhava para essa foto?

Ele via a si mesmo quase como se fosse uma outra pessoa.

Ele via força, beleza, juventude, vigor, equilíbrio, potência.

Ele via os seus amigos e sentia falta deles. Sentia falta de ter alguém para conversar, trocar impressões sobre o mundo. Sentia falta de ser tocado pelas mãos de alguém.

Ele via uma praia, via uns pontinhos que parecem pessoas, talvez ainda se lembrasse delas, de como se chamavam, o que faziam ali.

Eu nunca vou saber o que ele via quando olhava para as fotos.

Ele via o que ele via.

Imagino meu tio no quartinho lá de casa de manhã bem cedo, antes mesmo de ligar o Motoradio e o Antônio Carlos começar o bombardeio matinal com as promoções do dia, "Cerveja Bavaria 1,19; pá, peito ou acém 5,99 o quilo; maionese Minasa 1,25; shampoo Neutrox leve três pague dois só 4,49; Quick de Morango 3,25; leite em pó Camponesa sachê 2,19; vai lá!". Antes do seu ritual diário de asseio, de se lavar no tanque, meu tio abriria a gaveta que ficava na base da cama, pegaria um saquinho plástico amarrotado e passaria os olhos pelas fotos. Por um segundo, chegaria a duvidar daqueles fins de semana na casinha de Saquarema que ele e seus amigos alugavam para escapar do falatório tijucano, ou daquelas tardes e noites em que eles acampavam na Praia da Reserva (aqui do lado, nem parece que é no mesmo planeta), e bebiam e jogavam e fumavam e riam alto e se beijavam e se lambiam e se refestelavam na areia e ele apoiava os pés sobre as coxas do... peralá, como era mesmo o nome dele? Esqueci o nome dele. E quem foi que tirou essas fotos? Quem estava lá com a gente nesse dia, era um grupo grande, um bando, lembro que a gente fazia barulho, que todo mundo encheu a cara, que nadei com ele na água fria e quase fomos parar no mar aberto, a gente ficou ali, boiando, dando umas braçadas, ele subia nas minhas costas e eu afundava um pouquinho com o peso dele, aí eu me desvencilhava e um segundo depois ele me agarrava pela perna, como era mesmo o nome dele?, rapaz!, chego a sentir o corpo congelando outra vez! E quem mais estava com a gente naquele dia? Tem aqueles dois lá no fundo, do lado das pedras, como é mesmo que... peralá, o que é que esses dois tão fazendo ali? He he. Tô vendo certo? Que putaria é essa? Tá tudo borrado, deve ser a catarata,

queriam que eu operasse a vista, mas que vão todos pro inferno, ninguém vai enfiar a faca em mim nessa altura do campeonato, também não vão tirar meu cigarro, já me tiraram tudo na vida… Mas aquele dia na praia ninguém vai me tirar.

Depois de dezoito meses, pouco mais que isso, tomo coragem e enfim vou a uma livraria. É aqui perto de casa, quinze minutos a pé. Sinto que estou em defasagem com o mundo, sinto que demoro a me expandir, que isso ainda me custa. São novos livros, a disposição deles no espaço é outra. Vasculho cada cantinho, me esqueço de mim, do mundo, me demoro.

Numa prateleira de grande destaque, identifico um livro do historiador James Green do qual já tinham me falado bem, *Além do Carnaval*. Pego, folheio, me interessa: é um estudo sobre a homossexualidade no Brasil do século XX, com destaque para o Rio de Janeiro. Sinto que o livro vai me ajudar na visualização de certos traços do dia a dia do meu tio na época das fotos – por exemplo, como ele conseguia viver e sobreviver na medula do moralismo cristão tijucano, que era ao mesmo tempo o ar que respirava e aquilo que acabava o sufocando. Compro, leio em dois dias, é quase como caminhar nas ruas em que ele andava, ir aos lugares aonde ia.

"Quando uma família descobre que um filho é gay", escreve James Green, "pais e parentes podem vir a tolerar esse fato, contanto que ele não seja abertamente efeminado" [até que não dava pinta] "e que pessoas de fora da família não saibam" [no máximo um vizinho enxerido]. "Ainda é comum que um homem adulto continue a viver com seus pais" [foi o que ele fez], "contribuindo para a renda familiar" [a fatia possível do seu ordenado de miséria] "e saindo com amigos gays nos fins de semana, sem jamais mencionar a existência de um namorado ou detalhes de sua vida social à sua família" [saía de casa na noite de sexta e só voltava no domingo de tarde]. "A família aprende a suprimir as eternas perguntas sobre namoradas ou planos de casamento" [contam que certa vez teve uma noiva] "para não ter de ouvir muitos detalhes que possam romper essa trégua silenciosa ou pôr em risco a renda suplementar que um filho solteiro pode prover" [estavam sempre no aperto, viviam de olho nos classificados]. Leio sobre quartos escuros, ruelas e sobre um conjunto de gestos que conheço dos filmes em preto e branco, mas que hoje em dia já parecem tão distantes no tempo. "À noite deixavam-se ficar ao lado dos postes, demoravam-se nos bancos dos parques, trocavam olhares desejosos e, depois, retiravam-se para as sombras de um edifício ou para um quarto alugado na zona de prostituição do bairro vizinho da Lapa" [teve um convívio respeitoso com os malandros do bairro]. Leio sobre "o acesso fácil às praias e as possibilidades físicas e sensuais nesses espaços" e penso nas fotos, tantas fotos na praia, tantas fotos longe dos olhares inquiridores.

Os tempos mudaram. Em uma ou outra coisa até que a vida mudou para melhor, e esta é uma delas: já é possível sonhar com um mundo, ou pelo menos com uma fatiazinha desse mundo, em que o fato de você transar ou se relacionar afetivamente com quem quer que seja não vai te impedir de nada, não vai te fechar nenhuma porta, não vai te colocar em perigo, não vai fazer com que você sinta raiva ou vergonha de si mesmo. Um mundo em que ninguém mais tenha de se tornar o inquilino no quartinho dos fundos da própria vida.

Não quis reconstruir a vida de Ricardo. Não acho que seja possível reconstruir a vida de ninguém. Não escrevi para reencenar o passado ou desenterrar os mortos: só descobri aquilo que de algum modo já sabia no começo. Me aproximo da última página e ainda não sei exatamente o que me levou a escrever este livro, mas o fato é que escrevi, está aqui. É como se eu o escrevesse desde que tinha nove anos – alguma hora eu ia ter de pôr um ponto final, dizer chega, entregar ao mundo. Também não sei se descobri alguma coisa, por menor que seja, sobre a pessoa que meu tio foi ou pode ter sido. O mais provável é que eu só tenha dado uma volta bem demorada ao redor do meu próprio eixo e retornado ao ponto de onde parti. Se fracassei no percurso, paciência. Até me veio um título alternativo: *Biografia especulativa – a autobiografia de um fracasso*.

"Vai dar uma volta lá fora, Banguense. Tomar um ar fresco. Muito tempo dentro de casa já, o negócio tá ficando ruim pro seu lado."

As fotos não falam por elas mesmas, nenhuma foto fala. Mas há pelo menos uma, no acervo do meu tio, que, de tão boa, do tanto que gosto dela, não sinto vontade de descrever, de comentar – é a última das seis fotos miúdas do saquinho plástico menor.

Mas esses dias, lendo no diário o que anotei em 25 de dezembro de 2019, horas depois de encontrar a caixa amarela na prateleira mais alta do armário da minha avó, me dei conta de que, sob o impacto da descoberta, eu já tinha escrito sobre a foto. Não me lembrava disso.

Transcrevi o que anotei no meu diário para o caderno que uso em meus manuscritos e agora passo tudo a limpo aqui no computador:

> As fotos do meu tio são as melhores da caixa. Na foto de que mais gosto, ele está acendendo o cigarro de um homem que tem um braço muito fino e o outro mais ou menos normal, e que se veste com uma dessas camisas listradas de malandro. O homem leva a mão à cintura e baixa a cabeça para sorver da maneira mais perfeita esse primeiro trago. Já o meu tio segura firme o isqueiro e olha para o amigo com a mesma firmeza. Tudo nessa foto tem a ver com prazer. Gosto da roupa que meu tio está vestindo: camisa branca de bicheiro (com um ou dois botões abertos) para dentro de uma calça pra lá de baleada, sandálias, relógio de pulso. Na mão esquerda, um cigarrinho colado nos dedos.

Agradecimentos

Obrigado a Ana Elisa Ribeiro, Antonio Marcos Pereira, Bernardo Brayner, Clarissa Mattos, Davi Pinho, Gustavo Naves Franco, Ieda Magri, José Luiz Passos, Kelvin Falcão Klein, Maíra Nassif, Rafaela Lamas, Rodrigo Batista, Rodrigo Rosa e Sérgio Karam pela leitura atenta, por todos os comentários e pelas várias sugestões.

*

No capítulo dois cito uma frase de *Vidas minúsculas*, de Pierre Michon: "falando dele, é de mim que falo". A tradução do livro é de Mário Laranjeira. No capítulo três menciono uma tese sobre a imigração galega no Rio de Janeiro, no começo do século XX. O livro é *Galegos nos trópicos: invisibilidade e presença da imigração galega no Rio de Janeiro (1880-1930)*, de Érica Sarmiento da Silva.

No capítulo cinco transcrevo uma passagem de *O instante contínuo*, de Geoff Dyer. A tradução é de Donaldson M. Garschagen. As passagens de John Berger são do livro *Para entender uma fotografia*, na tradução de Paulo Geiger. A tradução dos trechos de *A câmara clara*, de Roland Barthes, é de Júlio Castañon Guimarães. As passagens de *Billy Budd*, de Herman Melville, foram traduzidas por Alexandre Hubner. Os trechos de *Além do Carnaval*, de James Green, foram traduzidos por Cristina Fino e Cássio Arantes Leite.

Este livro foi composto com tipografia Adobe Garamond Pro e impresso em papel Off-White 80 g/m² na Formato Artes Gráficas.